獵財筆記

月關 著

之4 虎口奪食

目錄

第一章

海誓山盟空對月

今天的變化實在太快了點，

下午的時候還在夢想著小璐回頭，原諒他過去犯下的錯，和他手牽著手回家。

負氣離開沒有多久，現在的枕邊人就換了一個人，

這種變化太快，快到他心裏有種不真實的感覺。

他原本是個生活循規蹈矩、按部就班的人，對這種迅速的變化頗為不適應。

情如火，何時滅，海誓山盟空對月，但願同展鴛鴦錦，挽住梅花不許謝。

情如焰火，剎那芳華，如今物是人非。

感情的空白，不是激烈的性愛可以彌補的，張勝心中有種莫名的惶惑。

「老馬，怎麼樣了？」

秦若男穿著牛仔褲、皮夾克，鑽進一輛軍用吉普，悄聲問道。

司機位置上坐著一個滿臉鬍渣的中年男子，他機警地瞟了一眼斜對面的一處樓房門口，笑笑說：

「回來了，剛剛進去。這傢伙有人命在身，得防著他狗急跳牆。明天就是大年夜，家家睡得都晚，現在闖進去，地方狹小，一旦反抗容易傷人，劉隊讓咱們再等等。」

秦若男點點頭，笑著說：「過年蹲坑這一招還真好使，沒想到他真的自投羅網了。」

老馬笑笑說：

「那是自然，罪犯也是人啊，中國人的習慣，逢年過節，講究個全家團聚。負案在逃的人，每到過年，孤身在外也覺得淒涼得很，抱著僥倖心理趕回來一家團聚的大有人在。只是苦了咱們啊，今兒蹲坑，明天大年夜，還得蹲坑。」

今晚抓捕的是一個皮條客，叫葉維。他介紹的一個賣淫女與嫖客發生爭執，被人殺死碎屍了，警方找不到那個兇手的資料，便順藤摸瓜找上了他。不料這人十分機警，一聽出事便搶先跑路了，這件人命案就此懸而未決，警方把破案的關鍵放在他的身上，所以對他十分關注。

秦若男抬頭望去，四樓窗口的燈光還亮著，她拿起對講機問道：「老姜，老姜，你那兒觀察到什麼情況沒有？完畢。」

對講機傳出一個聲音：

「客廳裏有人在玩麻將，四個男人，其中一個就是犯罪嫌疑人。桌子剛支好，看這樣子，要是打上八圈，天就亮了，這小子不會是打算玩上一宿麻將吧？」

老馬一聽，說：「得，這一宿算是泡湯了，回家老婆一定得埋怨。小男啊，你看是不是跟劉隊說聲，咱們提前動手啊？」

秦若男秀眉一蹙，說：「四個大男人打麻將，咱們破門而入，對方必定已有了防備，劉隊不會答應的。」

她想了想，突然雙眼一亮，笑道：「我有辦法了，你等著，我去找劉隊商量。」

「哎，啥辦法啊？」老馬一句問完，秦若男已經跳下車向花壇另一邊的門洞跑去，老馬不禁搖了搖頭。

過了半個多鐘頭，忽然有一對男女青年挎著胳膊走了過來，好像是晚歸的情侶，但是令人奇怪的是他們手裏提著一個大袋子。老馬立即提高了警覺，他一手摸槍，一手抓起對講機，還沒講話，對講機裏就傳出劉隊的聲音：

「太家聽好，提高警覺，我現在安排若男和小李到樓下去，想辦法引出犯罪嫌疑人，大家待機而動，待機而動，完畢。」

樓下，扮作情侶的秦若男和刑警小李四下看看，把袋子放到了地上，把裏面的東西一樣樣地掏了出來，擺放在地上，片刻的工夫，鞭炮放了起來。秦若男手裏拿著點燃的手持煙花，在空中舞著各式各樣的圖案，真像個正在過年的女孩。

明天才是大年，今晚雖有放焰火鞭炮的，但都是零零星星的，這麼不怕花錢地大放特放的，實屬少見，一時吵得四鄰不安。

四樓正在打麻將的四個人中站起一個，貼著窗戶朝下看了看，罵道：「狗娘養的，今晚放這麼熱鬧做啥？」

坐在對面的一個中年男子叼著煙捲說：

「老三，坐下吧，管他鬧騰啥呢。我倒希望聲響大點，他媽的，這些天在外邊整天東躲西藏的，越靜的地方我是越害怕，都快坐出病了。」

叫老三的男人哼了一聲，坐回了位置。

樓下，秦若男和小李互相打個眼色，秦若男又點著兩支焰火持在手裏，小李則拿了個「二踢腳」，往後退了退，斜著對準了四樓的窗戶，用煙捲點燃了鞭炮。

「砰！」一聲悶響，「二踢腳」炸起一團火光，斜著飛了上去。

「砰！」第二聲巨響，「嘩啦啦」一陣脆響，四樓那戶人家的玻璃被炸碎了。

秦若男嘴角一勾，臉上露出一絲得意的笑容。

誰家三更半夜的被人炸碎了玻璃，也會火冒三丈的，尤其這是滴水成冰的冬天，窗戶破個大洞，如果不堵上，這屋裏晚上都沒法待人。

四樓的人果然惱了，一個人影一下子撲到窗口破口大罵起來：「我操你個……」

「對不起，對不起，我們不是有意的。」小李連忙慌張地道歉，然後去拉秦若男：「走，走，咱們快走。」

「走什麼呀，你怕他什麼呀！」秦若男蠻橫地一甩胳膊，指著樓上說道：「你少給我嘴巴不乾淨，不就碎了塊玻璃嗎？賠錢給你就是了，大過年的，你罵誰呢？」

「我靠！你還蹬鼻子上臉了，你別走！你等著，你狗日的！」樓上的老三暴跳如雷，抄起件傢伙扯開房門就往外跑，其餘三個哥們連忙追了出來。

「你個臭娘們，你別走！」老三下了樓，一見那男青年扯著不依不饒的女友正往大院外溜，立即拔腿追了上去。

「不許動！」

「統統別動！」

幾個刑警自暗處一擁而上，將措手不及的四個傢伙摁倒在地。

「砰！」

「啪！」

秦家大院裏，此時萬紫千紅，鞭炮喧天。

張勝看著正在院子裏放著焰火，快樂似精靈的秦若蘭，心中有些悵然若失。男人情欲熾盛的時候，常常會喪失了理性，總是在情欲放縱之後，才會回歸理性。現在張勝就有些茫然，今天才下定決心與小璐分開，就和秦若蘭上了床，這裏邊不排除秦若蘭本身對他的誘惑力，但是也不排除他潛意識裏報復小璐絕情的意念。

「已經考慮清楚了嗎，若蘭……就是我的感情歸宿？」

「勝子，來呀，一齊放焰火！」秦若蘭直起腰，開心地叫他。

張勝苦笑一聲，剛剛她體軟如酥，癱在那兒連手指尖都不想動一動，這會兒也不知哪兒來的精力，居然又有了放焰火的心思。說是明天張勝不能陪她，她要和張勝提前過年，過一個屬於他們兩個人的新年之夜。

張勝走了過去，把自己的外套披在她的身上，說：「好啦，你穿這麼少，該凍著了，看，手都是冰涼的，快回屋吧。」

戀愛中的女人喜歡把對方的一舉一動都無限放大，活潑的秦若蘭被他一說，頓時文靜下來，甜蜜地應了一聲，她把這當成張勝的關懷和體貼。

「好，我們回屋去！」

滿天星光下，秦若蘭微紅的臉龐分外誘人，她對著張勝甜蜜地一笑，那時，滿天的星光都映在她泉水似的眸子裏，蕩漾著一片柔情。張勝只覺得自己的心彷彿被什麼東西撞了一下似的，蕩起層層漣漪。

「葉維，你為什麼跑掉，為什麼被抓，不用我再提點你吧？識相的，你就乖乖合作，爭取寬大處理。」一個員警端坐在審訊台後面說。

葉維坐在審訊椅上，雙手銬著，垂頭喪氣地說：「我沒什麼好交代的。」

秦若男厲聲說：

「光是介紹、容留婦女賣淫，至少就得判你五年，何況是殺人碎屍？這件事你脫不了干係，案子遞到法院去，你必定是罪加一等。」

葉維哭喪著臉道：

「我為什麼要跑？你說我為什麼要跑？我沒辦法啊，我也不認得那個王八蛋，他給錢，我給他找女人，就這麼簡單，我還查他的身分證不成？我根本不認識他啊。」

老馬打個呵欠，說：

「得了，我看就別連夜審了，忙活半宿也該休息了，小李啊，把這小子銬在暖氣上，咱們找地方休息一下，明天得空兒再審。這小子拒不交代，態度頑固，都記下來，回頭法院量刑都是參考條件。」

「好！」小李答應一聲站了起來。

「別……別別……」葉維慌忙舉起手，連聲討饒。

那暖器片的鐵管高不高、低不低的，一旦銬在那上面，站不起來，蹲不下去，這要是銬一宿，人就折騰沒了半條命，他瘦得像皮猴兒似的，哪受得了啊。再說，那暖氣又燒得滾燙，銬在上面，蹲著馬步烘一宿，想想都哆嗦。

小李冷笑一聲，繼續往前走：「你這小子，是敬酒不吃吃罰酒。得，我也不跟你囉嗦，過來！」

他一抓葉維的手銬，把他扯到了牆邊。

葉維慌了，連忙道：「我沒騙你們，我真的不知道那個殺千刀的殺人犯是誰，你們就是折騰死我，我還是不知道啊。我願意跟警方合作，我是知無不言啊，可是……你們讓我說什麼啊？」

「蹲下！」小李一按他的肩膀，打開手銬，一邊還拷在手上，另一邊「咔嚓」一聲往鐵管上一銬，轉身就走。

「馬哥，小男，咱們去弄點吃的吧，吃完了再找地方休息。」

「走！」

三個人走到門口，剛剛拉開房門，葉維半蹲在牆角，突然喊了起來：

「警官，你們別這麼折騰我啊，我死都不怕，可我受不了這活罪啊。那個殺人碎屍的兇手，我是真的沒有他一點資料。不過……不過我可以檢舉揭發另一件案子，算不算是有立功表現，可以從輕發落啊？」

秦若蘭，老馬和小李停住腳步，互相看了一眼，眼中都露出了興奮的光。

有時候大案就是這麼破的，通過一件案子，牽出其他案件的線索，如果從這小子身上再解決一樁大案，那可是立了雙倍的功勞了。

三個人若無其事地走回來，也不坐下，秦若男狀似很不耐煩地敲了敲審訊筆錄夾，說：「行了，說吧，要揭發什麼案子？」

葉維抖了抖手腕，陪笑道：「女警官，你看……是不是先把我放下來？」

「你說不說？不說我們就走了。」

三個人作勢欲走，葉維急忙叫道：「別走，別走，我說，我說還不行嗎？」

三個人又走回來，拉開椅子坐下，一言不發地看著他。

葉維咽了口唾沫，慢吞吞地說道：「我認識一個人，叫曹明，在我們這一行裏，挺有能耐的。有回喝酒，他跟我吹過，說他有個大客戶，特有錢，是個大人物，那人嗜好未成年的小女孩，曹明先後給他介紹過十多個小女孩。」

葉維看看三人臉色，連忙又補充了一句：「全都未成年，都是連誘帶騙弄去的女孩子。」

秦若男三個人互相看了看，秦若男雙臂伏在桌子上，慢慢向前俯壓，瞇起眼睛冷冷地問道：「那個所謂的大人物，是什麼人？」

「哦……我招了這事，算是戴罪立功吧？」

秦若男點了點頭：「算！」

「那個人……很有錢，據說認識不少人，他住在守備營，叫……」

剛剛產生感情碰撞的男女，情欲之火是最熾烈的。如果你的老婆是天仙下凡，同床共枕三年之後，你碰到她最迷人的地方，只要不是很想，那就還是不想。可是彼此尚處在朦朧神秘接觸階段的男女，或許只是握握對方的小手，就會慾火勃然。

相由心生，大概如此。

張勝和秦若蘭正處在這個初級階段，於是順其自然的，回到她的閨房寬衣解帶之後，那皮相便滲透了風骨，少不得又是一番纏綿。

兩個人相擁著進了浴室先洗了個澡，兩個人都是一身潔白的泡沫，光滑滑不著寸縷。初次鴛鴦浴帶來的感覺，如夢幻似空花。她的每一個眼神、每一聲嬌喘、每一絲嫵媚，都在撩撥著張勝的心……

天上儘是繁星，沒有明月，明月已悄然移到了若蘭的床上。

這一番你來我往，秦若蘭終在酣暢淋漓中倦極而眠，張勝反而張著雙眼睡不著覺了。

許久之後，他輕輕移開若蘭的手臂，悄悄披上自己的上衣，赤著兩條大腿跑到了陽台上。

暖氣燒得極好，室內足有二十二三度，一點也不覺得冷。

張勝點著一支煙，望著滿天繁星，一口一口地吸了起來。

今天的變化實在太快了點，下午的時候還在夢想著小璐回頭，原諒他過去犯下的錯，和他手牽著手回家。負氣離開沒有多久，現在的枕邊人就換了一個人，這種變化太快，快到他心裏有種不真實的感覺。他原本是個生活循規蹈矩、按部就班的人，對這種迅速的變化頗為不適應。

情如火，何時滅，海誓山盟空對月，但願同展鴛鴦錦，挽住梅花不許謝。情如焰火，剎那芳華，如今物是人非。感情的空白，不是激烈的性愛可以彌補的，張勝心中有種莫名的惶惑。

手機突然響了起來，張勝怕驚醒若蘭，迅速伸手摸到手機，把它打開了。

從沒人這麼晚的時候給他打電話，只有一個人例外，那就是手機妹妹。

張勝嫌總是攜帶兩部手機麻煩，便把這個手機號告訴了她。他相信手機妹妹不會去查他的號，因為彼此保持著距離，並沒有真正的接觸，才是他們卸下城市假面、彼此真誠交心的基礎。

當然，手機妹妹就算真的閑得無聊去查他的號，他也不怕。這部手機是徐海生送給他的，根本不是用他的身分證購買的，甚至不是徐海生的，她真要查的話，天知道會查到誰那兒去。

她打電話給張勝的時候經常是在晚上，有時已經半夜，而這時，她似乎還在工作。生活規律正常的女性不可能如此，張勝判斷，這個女孩十有八九是長得太醜，連男朋友都沒有，所以才藉工作排解寂寞。

這麼想是有根據的，在張勝的經驗裏，聲音特別好聽的女孩長得大多對不起觀眾，所以他只有過一次調侃她的相貌，此後再沒問起她的長相。

不過說到談心，這女孩倒是個很好的談心對象，張勝有什麼苦惱、憂愁，經常向她傾訴，兩個人互為聽眾，把彼此感情、事業上的苦惱告訴對方，有一個人幫忙分擔，心裏的壓力就會輕了好多。

因為酒醉和另一個對他有好感的女孩上了床，由此惹得即將成婚的女友離他而去，這些事他也含蓄地向這個女孩傾訴過，手機妹妹一直鼓勵他勇敢地去追回屬於自己的幸福。

「喂？」

「新年好呀！」手機裏的女孩聲音還是那麼好聽，聽得出，她今天特別地開心，快樂。

張勝也笑了：「新年好，幹啥這麼開心，打麻將贏錢了？」

手機妹妹哈哈地笑起來：「是呀，今天自摸大滿貫，嘿嘿！我解決了一樁大案子喔。」

「明天就過年了，還不歇著？賺錢是為了享受生活的，別這麼拚命啦！有時間呢，找個男朋友，風花雪月一番，比深更半夜翻閱枯燥的卷宗強。你是律師嘛，官司永遠都有，不怕會失業，要懂得享受生活。」

「嗯嗯嗯，知道啦，唐僧師父，你不也沒睡嗎？」

「嘿！我若睡了，你這麼晚打來，不和你發火才怪。」

「呵呵，能讓本小姐半夜打電話騷擾的，唯你一人有此殊榮，可不要身在福中不知福啊。我今天實在是太興奮了，所以才忍不住打電話說給你聽，大案啊，真正的大案啊，比殺人案還刺激，對手是隻大老虎呢，想起來我就興奮。」

「你呀，新入行的小律師都這樣，接件大案子就美得不得了，不過……還是祝福你，祝你早一天成為一代大狀。」

「切，根本沒誠意！對了，你不是說爭取在除夕夜讓你的女友回心轉意，帶去見你的父母嗎，現在怎麼樣了？」

張勝的心沉了一下，靜默片刻，苦苦一笑說：

「黃了。今天，徹底地黃了。三個多月，一百多天，每天都去她的門前守候，風雨不誤，還是換不來她的回心轉意。」

他長長地抽了口氣，帶著氣音憤懣地說：「我已心灰意冷，罷了，一切皆休！」

「唉！」手機妹妹遺憾地歎了口氣：「你的這個女朋友，還真的是……太執拗了。」

「……」

「節哀。」

「謝謝。」

「算啦，別硬撐了，傷心的話，就找朋友去喝頓酒，大醉一場，醒了就好了。男人真是好面子，還在我面前裝，不傷心的話，會這麼晚睡不著？」

「沒有，我在……她的家裏。」

「誰？」

「我說過的，那個偷偷喜歡我，喝醉了酒和我發生了關係的那個女孩。」

「啊？」

「我現在在她家裏。」

「啊？」

「我現在在她家裏，還和她上了床。」

「啊？」

「我們還做了兩次愛。」

「啊？」

「如果可能的話，明天早上我們也許還要造愛。」

「啊？」

「我很快活，我是不是很無恥？呵呵，她應該不要我的，我就這樣了。」

「你不用這樣自暴自棄吧？」

「如果自暴自棄是如此香豔，我想所有的男人都喜歡自暴自棄吧。」

「男人……男人……我無話可說，保重身體吧！」

「謝謝！」

「我是說，你要保重那個女孩的身體！」

「哦，那我替她謝謝！」

「你……真是敗給你了，春宵一刻值千金，我不打擾了，拜拜！」

「謝謝，拜拜！」

收起電話，張勝臉上露出一片笑容，一番對話，他心裏輕鬆舒暢了許多，胸臆間升起一種自虐式的快感。

混蛋就混蛋吧，無恥就無恥吧，還要堅持給誰看？

「勝子，你怎麼還不睡？」

秦若蘭迷迷糊糊地走了出來，揉著眼睛問他，那副樣子像極了小孩子。

「哦，沒啥，煙癮犯了。」

張勝掐熄煙頭，回頭說。

秦若蘭對他的解釋沒有懷疑：「嗯，抽完煙你快睡吧。」她交代了一句就轉身準備回臥室繼續睡覺。薄薄的貼身睡衣下，曼妙的身姿、渾圓的臀部一一落在張勝眼裏，有意放縱自己的張勝頓時感覺到一股慾火直沖腦門兒。

「若蘭，」他急急喊了一聲，追上前去由後摟住了她：「我們一起回去。」

不由若蘭分說，他火熱勃勃的下體已經貼在了若蘭富有彈性的臀部上，而雙手則滑進睡衣遊走於伊人如錦緞般光滑的小腹和彈性驚人的峰巒之間……

秦若蘭嬌呼：「呃……，不是吧，你……你還要？」

「怎麼，渺視我的能力嗎？」

張勝輕笑一聲，彎腰一抄，把秦若蘭輕盈嬌小的身子抱了起來。

「不管了，既然我怎麼努力她都認為我已墮落，那我就墮落到底吧。」

張勝的個人感情弄得一團糟，他不敢回家去，硬著頭皮拖到三十晚上，無可奈何之下才回了家。他的家還在老地方，經濟條件改善後他曾想給父母換一間大房子，換一個更好的社區，但是父母捨不得多少年住下來的老鄰居，說兩個兒子反正不住家裏，地方夠大了，沒有讓他買。

此時父母和張清夫妻都在客廳忙活著，就顯得擁擠了些。一見張勝沒把她中意的兒媳婦小璐帶回來，張母的臉色頓時便沉了一下，心中有氣地揶揄道：「大老闆回來了，整天忙得不見影兒，還以為你年三十也不回家呢。」

張父咳了一聲說：「行了，少說兩句，盡瞎嘮叨。」

張勝硬著頭皮和父母打過了招呼，剛剛走進屋裏，手機就響了，打開一聽，是秦若蘭，她用甜甜的聲音說：「勝子，新年快樂！代我向伯父伯母拜年。」

張勝聽手機裏有些嘈雜，像是打麻將的聲音，便問道：「你在哪兒？」

「我表弟家裏呀。」

「你不是說不想去嗎？」

「是啊，本來是不想來的，不過……突然又想來了，所以就來了。」

張勝有點悶，嗯了一聲說：「新年快樂，代我向浩升和他的父母親問聲好。」

秦若蘭想必是當著表弟一家人在打電話，不便說其他的，就應了一聲，突然對別人說：「嘖，趁我打電話，打牌怎麼不說一聲呀，打的啥，八萬啊？不要！」

那聲「嘖」用的是破氣音，聽起來極像「啵」的一聲親吻，張勝聽出她心裏轉的那點小心意，雖被老媽嘮叨得有些煩悶，還是禁不住笑出聲來，回頭看看外屋沒人注意，他也「啵」地回吻一下，說：「好啦，開開心心地玩吧，我掛了。」

秦若蘭帶著笑音說：「嗯，拜。」張勝幾乎可以想像出她詭計得逞時那嬌俏得意、眉彎眼彎的嫵媚模樣，不禁笑著搖了搖頭。

秦若蘭打來的這個電話讓他想起了鍾情，跟著自己忠心耿耿、無怨無悔的第一助手，似乎也該給她打個電話拜個年，不過她也回了家，好像不方便打電話，是以念頭只是一轉，便放棄了這個想法。

鍾情的父母一開始頗不滿意女兒的作為，不過畢竟時日已久，而且現在鍾情能自立自強，經濟方面更是沒得說，父母心裏的怨意便淡了，今年她也回家過年了。

張勝獨自在屋裏打開電視，看著電視節目，心思卻全不在上面，恍恍惚惚地看了一個多小時，演了些什麼全然沒有記住。等到一家人吃年夜飯時，張母眼見二兒子已成家立業，媳婦大腹便便，明年開春就能抱上孫子，大兒子卻還是形單影隻，小璐那女孩怎麼看怎麼好，本是心目中最完美的兒媳人選，也不知張勝這孩子做了什麼對不起人家的事，鬧得人家與他分手，老太太忍不住又嘮叨起來。

張父平時也沒少教訓兒子，不過這種全家團聚喜迎新年的日子，他不想鬧得全家不愉快，便不斷地使眼色暗示老伴住口。可是老太太發起牢騷來哪分什麼場合？一來二去，張勝沉著臉不應聲，老頭兒老太太倒拍著桌子大吵起來。張清夫婦一人一個還沒勸個明白，張勝終於忍不住了，把筷子一拍，他也不吃了。

一場團圓飯不歡而散，張勝獨自躲進裏屋，搬個凳子坐到陽台上，像他小時候受了委屈一樣，一聲不吭地生悶氣。煙一支接一支地吸，聽著嘈雜的鞭炮聲，看著天上寥寥的辰星，那「罪魁禍首」小璐即使想要忘記也偏就想了起來……

小璐站在門外，還是那件灰呢子短大衣，頭上戴著線絨帽，鼻尖凍得通紅，很可愛的模樣。手裏捧著一件東西，外邊套著帶繩扣的布袋，上邊隱約露出一塊米黃色的塑膠，像是個保溫瓶。看到張勝，她吸了吸鼻子，靦腆地笑：「張哥，你家真不好找。我跟老白師傅打聽過道兒了，可我是路癡，剛才爬到隔壁樓上去了。」

一口氣兒爬了五樓，呼吸還不勻，她的鼻翼翕動，呼呼地喘著。

「你……怎麼來了？」

小璐輕輕一笑，腮上現出兩個淺淺的酒窩，那笑意便漣漪般在她俊俏的臉上蕩漾開來：「昨天害你被人打了，我心裏一直惦念著呢。你又不肯去醫院，我就……熬了排骨湯，想著讓你補補。」

……

那畫面彷彿就是昨天發生的事情，那聲音彷彿還迴響在耳邊……張勝猛地搖了搖頭，搖去她的倩影，摸出了他的手機。根據他的經驗，那個工作狂的醜小鴨女律師說不定今夜仍然獨自一人在奮鬥，打給她聊聊天排解一下鬱悶的心情也不錯。

不過出乎他的意料，手機關機。張勝沒了辦法，隱約聽著隔壁房間繼續傳來的牢騷，只好抬頭望著黑夜中閃耀的焰火和天上淡淡的星星繼續發呆。

小璐的年夜飯也沒有吃好，張勝今天沒有來，她不知道明天還會不會再來，那心裏空空落落得無比難受。餃子擺在桌上，她像吃藥似的，好半天才能吸著氣兒強咽下去一個，原本熱氣騰騰的餃子現在全都涼了，聽著外面傳來的熱鬧鞭炮聲，她的心中一片慘澹。

徐海生的家，他拿著《經濟導報》正在緊張地打電話：「老卓，還在上海呢？」

「是啊，哈哈。老徐啊，過年好過年好，你在哪兒逍遙快活呢？」電話裏傳出一個男人大笑的聲音，旁邊還有女人嬌笑的聲音。

徐海生皺了皺眉，大聲說：「老卓，把音響關了，我有事和你說。」

「好好好！」對方的人可能正在ＫＴＶ裏，音響聲關小了，老卓問道：「什麼急事啊？這麼急？」

徐海生說：「你看今天的《經濟導報》沒有？我也是剛剛才看到，有一條重要消息。」

「什麼消息？我一天忙到晚，哪有空看上面胡扯些什麼？」

徐海生哼了一聲，說：「我念給你聽聽，《警惕國企改制中的國有資產流失，打擊與預防並重》。針對國有企業改制中頻頻發現的『腐敗黑洞』，中央有關監管部門認為有必要開展一次集中調查清理整頓和專項打擊，有效地減少和防止國有資產流失，切實維護國家、集體和職工的合法權益……」

「行了行了，」老卓不耐煩地說：「我說老徐啊，你犯什麼神經，聽到點風吹草動就如臨大敵的，用不著這麼誇張吧？」

徐海生也惱了：「你懂個屁，用用腦子好不好？幹咱們這一行，得號準政府的脈，否則準是吃不了兜著走。這報上向來是案子破了以後才是新聞，政策開始行動才予公佈，我擔心政府早就暗暗部署開始行動了。這報上的發言不會是無的放矢，更不是提前洩露天機，肯定是正式行動的發號槍。」

「不至於吧，」老卓慢條斯理地說，「咱們在官場上也不是沒有人，沒有誰聽說這方面的消息啊。」

徐海生哼了一聲，說：「等他們聽到就晚了，如果從上到下突然來一次雷霆風暴似的大清洗，那幫傢伙急著和咱們撇清關係還來不及呢，哪會通知咱們？」

「放心吧，你瞧你那膽子，好了好了，明天再說吧。」老卓想要收線。

「喂，你認真點好不好？我的直覺一向很準。老卓，我真的很擔心，我反正是告訴你了，你要是不知收斂，那就把我那份資金抽出來，我退出！」

老卓話中帶出了幾分火氣：

「老徐，這麼說太不上道了吧？你也不是不知道，資金一旦投入，除非這筆並購生意最終完成。我們的資金全都押在裏面各個環節上了，根本拿不出來，你說退就退，我上哪兒去籌這筆款子？」

徐海生陰陰地道：「老卓，別發火，我不會讓你為難，我可以說動一個人給你注資，加入你的融資集體，不會影響你的運作。我的那一份，你總該拿得出來了吧？」

老卓也火了：「行，只要你找得到肯入夥的，你那份我退給你。謹小慎微，難成大器，今後這種生意，我看你也不要跟我們一起做了！」

徐海生冷冷一笑，嘴上卻仍說得親切：

「呵呵，兄弟天生膽子小，本來就沒大出息，你別見怪。生意做不做的，咱們還是朋友，改天見了面，我擺酒向你老哥賠罪。」

老卓在電話裏哼了一聲，不情不願地說：「先這樣吧，改天再聯繫。」

徐海生放下電話，抓抓頭皮，喃喃道：

「這筆生意再有一個月，大筆的鈔票就到手了。唉，這家機床廠可是價值一個多億啊，真他媽的……張二蛋啊張二蛋，嗯……這事也只能找他了……」

第二章

有心煽動

一個扶著瘸腿，一拐一拐地在人群中走動的猥瑣男子，
神情亢奮、唾沫橫飛地講著話：「我的棺材本啊，
我存了一輩子的存款啊，全都要不回來了。
這些狗娘養的，我說朋友們，你們還在這兒站著幹什麼啊？
寶元公司早就成了空殼子啦，要不然能集這麼多資嗎？」
有人大喊道：「那就這麼算了不成？沒有錢，
還有廠房，還有機器設備，就是變賣了，也得還我的集資款！」

秦若男憤憤然地走出審訊室，和身旁的小李發著牢騷：「現在這些女孩都是怎麼了？為了錢，心甘情願去陪一個六七十歲的老頭子，她們腦子裏都在想什麼？」

今晚蹲坑作業沒有讓她去，因為昨天葉維招出了一件大案子，她和小李等幾人被指定成立專案組，專門查辦這件案子。今天下午，他們神不知鬼不覺地把葉維招認的那個曹明請了來，一番審訊之下，到了傍晚時分他終於吐露了實話。

警方迅速走訪了受害者中的兩戶人家，她們的父母居然根本不知道女兒在外面做過的這些事。從這兩個女孩招認的情況看，說她們是因為年幼無知被誘姦，只能算是一種很體面的說法，現在的年輕人讀書看報看電視，接觸人情世故早，有什麼是她們不明白的？有什麼後果是她們不瞭解的？她們完全是知而行之，圖的不過是物質享受而已，所以秦若男頗感氣悶。

小李笑笑沒有說話，秦若男太情緒化，一同工作的同志多少都有些瞭解，不過他們都很喜歡這個多愁善感，勇起來如狼似虎，靜起來楚楚惹人憐的女警官。

「案情基本明瞭了，我們去找劉隊，該收網了，把那個專門糟蹋小女孩的老混蛋抓起來。」

小李說：「現在還抓不得，他是人大代表，你不要太張揚了，免得走漏了風聲。耐心點，證據收集得再多一些，然後提請當地縣人大常委會許可，罷免他的人大代表職務，才能把他繩之以法。」

「嘿！」秦若男攥起粉拳，狠狠在虛空中捶了一下，以泄心頭之憤。

小李一笑，說：「算啦，別生悶氣了，今天是大年夜，僥倖咱們不用去蹲坑，快回去和家人過個團圓年吧。」

秦若男生了半天悶氣，終不過長長一歎。

春節之後的一段日子，張勝和秦若蘭之間的關係發展得很快，沒怎麼刻意經營，兩個人就成了理所當然的情侶。

這之後，張勝由秦若蘭口中知道，為了出國的事，她和父親還曾大吵過一架。她的父親在省外經貿廳工作，因為她突然辭職執意出國，為了這個任性的二女兒，他托關係走門路，費了好大勁兒，總算給她辦好了，她卻突然改變了主意，又不走了。

秦若蘭性子拗，還不說理由，不管你怎麼問，就是三個字：「不去了！」

為這事，她的老爸氣得一佛出世，二佛升天，父女之間少不得一場爭吵。不過爭吵沒有持續太久，因為她的爺爺，那位離休在家頤養天年的秦占魁秦副司令，非常寵愛他的小孫女，這個大靠山一見小孫女被罵哭了，吹鬍子瞪眼的便掄起了拐棍，管你誰有理，先把兒子揍一頓再說，秦父只好忍氣吞聲了。

張勝自然深知秦若蘭這麼做的原因，她當初想出國，是想避開自己結婚的時間，離開這個傷心地，那一夜後她忽然又不想走了，是因為和自己有過水乳交融的一夜，她無法再割捨這個城市留給她的美好回憶。

張勝思及此事心生憐意，由性入情，情本綽約，自然發展就快，於是，他們跨越磨合期直接駛入了戀愛的高速公路。

秦若蘭一時還沒有找工作，家裏也不催她。

秦家的兩個孩子都很有個性，不喜歡倚仗父輩的餘蔭庇護。而那位老將軍一方面寵溺兩個可愛的孫女，一方面傳統觀念又比較重，覺得女孩子用不著太重視工作，女人嘛，女人的金飯碗當然是她的男人。他的一對孫女這麼可愛，還愁嫁不著個如意郎君？所以一向由得她們自己選擇。

秦家長女選擇了員警這一職業，而二女則懷著偉大的理想投進了南丁格爾的懷抱，一個想除暴安良，一個想濟世救人，都和她們的人生理想有關。

只不過理想是一回事，現實又是另一回事，兩個人現在對自己的職業都有些失望：員警常常有心無力，佩上一把槍不代表著就能伸張正義；而護士，白衣天使也食人間煙火，書面上的神聖在生活中很快就褪去了光環。

如今和張勝正是戀情熾熱的時候，秦若蘭一時還不想重新就業，於是照顧張勝就成了她的工作，她成了張勝的專屬小護士。

這件事在匯金公司盡人皆知，人人都知道董事長張勝不過兩三個月時間就換了個漂亮可愛的新女友，他們不禁暗暗讚歎金錢的魔力，女工中不乏自覺姿色妖嬈的女孩，為自己沒有及早向張勝下手而懊悔不已。

春節之後到正月十五，一直到整個正月結束之前，業務都不是那麼繁忙。張勝趁著這段時間的清閒，正在策劃今年逐步成立屬於自己的運輸車隊，一方面可以解決冷庫採購和運輸、銷售的問題，一方面可以從水產批發市場開拓客源，為他們做好配套服務。

這天，張勝按照計畫好的車隊規模，給幾家汽車銷售廠商打了電話，先瞭解了一下行情，最終圈定三家銷售商，準備改日登門時再研究購買事宜。紅藍鉛筆在單子上剛剛注明一些備忘事宜，鍾情便走了進來：「張總，去吃午飯吧。」

張勝瞟了眼掛錶，伸著懶腰道：「你先去吧，我歇一下，想東西想得腦袋發熱。」

「哦？在想什麼？」鍾情嫣然笑著，款款地走了過來，俯身看向桌上的東西。一陣幽香撲面，眼簾映入她領口一截雪膩，從那縫隙再看進去……，太近了，仍是一片雪膩，張勝不自在地仰了仰身。

男女之間就是一場追逐的遊戲，以前張勝享受於那種曖昧的感覺時，鍾情若即若離，欲拒還迎的，現在張勝有意疏遠，她卻偏要主動靠過來。

「噹噹噹」，有人敲門，張勝抬頭看去，只見秦若蘭笑吟吟地站在門口，一手提著保暖飯盒，絲毫沒有因為兩個過度靠近的身體而惱怒。

「秦小姐，你好。」鍾情若無其事地直起了身，「張總，我覺得第一款車型比較好，價位適中，功能也全面，稍加改裝，就能分別適應批發市場和冷庫以及其他運輸用途的需要。」

「嗯，我覺得也是。」張勝言不由衷地為自己解圍。

辦公間開著空調，很暖，鍾情很美，不過……眼下看，顯然是門口站著的秦若蘭更勝一籌。她的身材不及鍾情火辣，不及她女人味十足，不過她很會打扮，穿出了自己的風情特色。白色水貂皮草夾克，天鵝絨長褲，粉色中筒麂皮靴，朝氣、活潑、高雅、大方。

她用黑漆漆的眼珠溜著鍾情，似笑非笑地說：「哦，還在談工作？我以為已經到了午休時間。不打擾你們了，我去裏邊等。」

說完，就拐進了張勝的臥房。

鍾情臉上微微一紅，若有所思地瞟了眼她的背影，嘴角慢慢彎了起來，那笑容讓人覺得很甜，不過也有點假：「張總，看來你今天不需要下去吃飯了，那我先走了。」

「嗯，好！」張勝把玩著手中的紅藍鉛筆，如釋重負地說。

鍾情轉身走出去了，張勝急忙跳起來衝進了臥室。保溫飯盒放在桌子上，秦若蘭已經脫了上衣，穿著件小V領的針織羊毛衫，正彎腰給他疊著被子，一見他進來，就埋怨道：「你看你呀，這麼大人了，起了床被都不疊，弄得這麼亂，讓人看見好像以為你整天都在睡覺似的。」

張勝輕鬆下來，調笑道：「你來了，本來不是也是了，還疊它做什麼？」

秦若蘭滿臉紅暈，扭頭瞪了他一眼，嗔道：「美得你，給你送吃的呢，別胡思亂想。」

張勝走過去，攬住了她的腰，笑著說：「沒有胡思亂想啊，這不是吃的已經送上門了嗎？秀色可餐。」

「去你的，我可不習慣白晝宣淫，人家好心來看你，要是……要是那樣，還怎麼好意思再來？被你公司的人用異樣的眼神盯著也羞死了。」

「性是愛的潤滑劑，是這麼說的吧？怕什麼，誰不是飲食男女？」

「喲，知道的還不少，對性，你老人家還有什麼看法啊？」

「看法沒了，不過做法倒知道很多。」

「去！別一天到晚盡想這事。」秦若蘭直起腰，仰靠在他的懷裏，抓住他在自己胸口活動的手指，似吟似歎。

她穿天鵝絨長褲，曲現盡顯，豐盈性感地臀部恰好抵在張勝身前，貼身觸動，柔媚的感覺產生一股電流，令張勝的強硬更加挺拔。

「你不喜歡？如果我這麼放開你，你會不會失望？」張勝咬著她的耳朵說。

秦若蘭悶笑，在他身上打了一下，喘息道：「你去洗澡。」

張勝不管她，仍放肆地上下其手，霸道地說：「現在就要。」

秦若蘭身子軟得彷彿被抽光了骨頭，那抓住她的手，已是被動地隨著他的手在移動。

忽然，張勝的手僵住了，突然問道：「我的檯曆呢？」

那種水晶相片框似的檯曆，一面是檯曆，一面鑲照片，那背面的大照片，是小璐站在桃花下笑若初綻桃花的一張照片，是張勝親手拍的，那張照片記錄著張勝過去的記憶。

秦若蘭的身體也僵住了，半晌才說：「我……收進抽屜了。」

張勝鬆開了手，像個負氣的孩子似的走過去，把相片從抽屜裏拿出來，重重地又擺回床頭櫃上。

秦若蘭眉宇間閃過一絲怒氣，她忍了忍，一屁股坐在床頭，目不轉睛地盯著張勝，聲音僵硬地問道：「你還愛她？」

張勝無意識地擦拭著檯曆，沒有說話。

「你愛我嗎？」秦若蘭又輕輕地問了一句，聲音忽然變得滿是柔柔的嫵媚。

小璐的一顰一笑，重又浮現在張勝的腦海裏，他無法對小璐說不愛，他無法對若蘭說愛，反之亦然，於是他選擇沉默。

秦若蘭突然跳起來，一掌揮出，那只保溫飯盒被重重地砸了出去，摔在地上，摔得汁水淋漓，飯菜混淆。

秦若蘭的身子在顫抖，聲音也在顫抖：「我不逼你這麼快忘記過去，我只要你承認我們之間的感情，這都不行？哪怕你騙騙我，哪怕是騙騙我，我也信的，我也信的……」

她的淚如泉水般地湧了出來。

張勝眼眶中也突然溢滿淚水，彷彿一下回到了稚嫩的童年，受到無限委屈的時候，他把臉埋在雙膝裏，肩頭聳動，悲慟無聲無息，來得無可遏制。

秦若蘭愕然望著哭泣的他，眼中充滿了不可理解的複雜神色，先濃後淡，最終被一股水一般的溫柔所代替，她從背後抱住了張勝，輕輕地說：「不哭，老公不哭，我不問了，不問了……」說著，她的淚也灑了下來，灑落在張勝的脊背上。

守備營，張二蛋被徐海生舌燦蓮花的一番吹噓慫恿，不由大為意動，在徐海生的撮合下，與上海的老卓電話聯繫，並互發傳真文件，簽訂了投資合同，並開出了一張電匯憑證交給徐海生。

三千萬，張二蛋把這次集資投入煤礦開發之後的大部分流動資金都拿了出來。按照徐海生的說法和他看過的文件，這筆生意成功與否只在一個半月之內，如果成功，他的投入資金將至少翻一倍，如果收購失敗，那麼他的本金也可以在兩個月內轉回來，這個險值得冒。

徐海生中午和張二蛋共進午餐，席間還有一個粉嫩的小女生作陪，想必這是張二蛋的新歡了。小女孩活潑可愛是有的，但是既不會調節氣氛，又不懂善解人意，雖然年輕稚嫩，徐海生卻不甚喜歡。也許只有張二蛋這種歲月漸去，暮年蒼老的男人才會喜歡這種女孩子身上的朝氣。

吃過午飯，徐海生帶著三分醉意出了門，前腳剛出去，就聽到屋裏傳出張二蛋和那小女生調笑的聲音，他不禁苦笑搖頭。

下樓上車，剛剛開到大門口，徐海生突然看到大批警車停在門前，警笛沒有鳴響，但是警燈全都閃爍著，閃得人觸目驚心。

徐海生急忙把車停在一邊，放下車窗，緊張地向外看去。

此時員警已經迫使傳達室打開了電子大門，警車一輛輛呼嘯而入，貼著徐海生的車向寶元集團公司總部大樓駛去。

「出了什麼事？」徐海生快步跑過去，向傳達室保安人員問道。

「不知道……員警說……董事長犯了啥案，要拘捕他。」

「怎麼能這樣，張總是人大代表，他們想抓就抓，還有沒有王法啦？」

保安乾笑著，有點失魂落魄：「他們那頭兒告訴我了，讓我乖乖合作，還說已經得到了縣人大的批准。」

徐海生心裏一驚，「哦」了一聲，扭頭看看正快速衝進樓去的員警，忽然返身快步走向自己的車，上車後開出大門，風馳電掣直撲市區。

「喂，老卓，寶元公司的匯款最遲二十四小時就到，你讓人隨時關注銀行帳戶，資金一到，馬上把我的錢轉出來。」

「你說你這麼膽小，能幹什麼大事？風吹草動心便驚，兔子脾氣。」

「呵呵，兄弟一場，最後再勸你一次，留得青山在，不怕沒柴燒。少做一樁生意只是少賺一筆錢，不要孤注一擲，此乃兵家大忌。」

「得得得，別教訓我啦。放心吧，錢一匯到，在我帳戶裏走一圈，我就給你匯過去。」

「好！」

撂下電話，徐海生迅速按響了第二個號碼：「喂，陳局，我是老徐啊，哈哈哈，是啊，過年好。我要去日本一趟，你先幫我弄張機票，放心，出境手續都全著呢，今晚六點的？成，好好好，見面再說。」

第三個電話，這回是日語，徐海生的聲音柔和起來：「麗奈，你好嗎？」

「啊，天啊，徐……主人，」電話裏聲音變小了，「您來日本了嗎？」

「呵呵，還沒到，今晚十一點左右我就會到，想我了嗎，親愛的。」

矢野麗奈俏皮地回答：「嗯，好想你，我們日本的男人，沒有你……那麼好，好懷念你的懷抱……」

「嘿嘿，哪裏沒有我好？」

手機裏吃吃地笑：「……沒有你好，沒有你關心人嘛，那些渾蛋……人家好想你……」

「哈哈哈哈，小妖精，乖，幫我在OOIKE酒店訂間房，就上次那間吧，我要在那邊住段時間，這段時間你別出去應酬了，好好陪著我。」

「好啊，好啊！主人，我等你，不不不……我去機場接你。」

「好，就這樣，晚上見面再說。」

關掉電話，徐海生獰笑一聲：「小婊子，是想我的錢了吧。」

眼睛閃爍著想了片刻，徐海生從西裝口袋裏摸出電匯憑證，看了看開戶行，摸起電話，又打給一個人……

車子開到了寶元公司開戶的那家銀行，徐海生急匆匆地走了進去，把票據遞給窗口工作人員：「同志，這筆款子非常急，請馬上處理一下，否則對方會扣罰違約金，一旦影響了合同執行，損失太大。」

會計窗口的一個女職員接過一看，是大客戶寶元公司的，不敢怠慢，忙道：「好的，您別急，我馬上處理。」

「謝謝！」徐海生摸出一方手帕，擦了擦額頭隱隱的汗水，長長地舒了口氣。

經過這次衝突，張勝和秦若蘭的關係變得微妙起來，誰也沒有進行反思和道歉，但是雙方都採取了補救措施。除了張勝工作期間，兩人一起逛街看電影，在林蔭下散步，還有甜蜜的性愛，似乎又完全恢復了蜜月期的感覺。

彷彿怕破壞了什麼似的，兩個人都絕口不再提起小璐，秦若蘭容忍了他的床頭擺著小璐的相片。皮夾裏也放著她的相片，她想通了，讓張勝這麼快忘記他的初戀、忘記他相戀兩年的女友，那是不現實的，如果他真能做到，那真要讓人懷疑這是不是無情無義的男人了。她相信通過自己的努力，終有一天能讓張勝完全地接受她。

做愛代替愛，兩人都以為這就是愛了。

張勝聽說張二蛋因為強姦幼女罪被收押的事了，他緊急召開了公司會議，一眾親信坐在一起商討對策，權衡利弊，張勝為慎重起見還特意諮詢了律師，最終認為張二蛋因男女關係的事被關押起來，不會對他的公司產生什麼影響，張勝這才放下心來。

但是世間事如果都能被掌握在手中，那就不會發生那麼多意外了。

張二蛋投資開設的煤廠，是由他的侄子張葉新負責的。因張二蛋被拘押，張葉新整天忙於返回總公司打聽消息，和叔伯兄弟們一起想辦法，到處疏通關係，想把他的伯父救出來，根本無心管理煤礦，剛剛開業不久的煤場五號井發生了透水事故。

當地縣、鎮兩級政府組織煤炭、安監、電力、衛生、公安，還有當地礦務局救護隊共同組成應急處理指揮部，組織八台水泵，加緊抽水排水，整整忙了一天一夜，還沒有救上來一個人。整個煤場一片狼藉，當張葉新聞訊趕回煤礦時，見到這副情景頓時就癱在了地上。

這件事本來只是一起獨立的事故，恢復工作和對煤礦工人家庭的賠償工作，對這麼大一家企業來說，也不算是什麼難題。張勝作為一個參股股東仔細計算過後，也認為即便是經過這次事故的損失和整頓，煤礦開採的巨大利潤仍可在新的一年年底之前，不但彌補所有損失，且仍有盈餘。

但是這次事故卻引發了連鎖反應，風聲漸漸外泄，在寶元公司集資的企業和個人大為驚慌，紛紛找到寶元公司，要求馬上退款。

寶元集團原來就是張寶元的一言堂，張寶元被捕，群龍無首，整個集團公司完全亂了套，這一來導致越來越多的集資群眾感到恐慌，圍堵寶元公司所屬企業，致使他們無法正常營業的有之，串連上訪告狀的人有之，兩天之後，當初掛個名幫助張二蛋集資的工商聯和鎮信用合作社也被堵了大門。

事態不斷升級，寶元集團的大廈搖搖欲傾，擔心一生血汗打了水漂的集資者喪失了理智，開始截斷鐵路示威，要求政府給個說法，事情已經驚動了省、市兩級政府。

張勝也在密切關注著寶元集團正在發生的一系列事情。

風雨欲來，烏雲壓頂。

守備營鎮寶元集團公司總部門前，人山人海，憤怒群眾的咆哮把拿著大喇叭正在做宣傳工作的政府工作人員的聲音完全壓制了下去。

一個扶著瘸腿，一拐一拐地在人群中走動的猥瑣男子，神情亢奮、唾沫橫飛地講著話：「我的棺材本啊，我存了一輩子的存款啊，全都要不回來了。這些狗娘養的，我說朋友們，你們還在這兒站著幹什麼啊？寶元公司早就成了空殼子啦，要不然能集這麼多資嗎？」

有人大喊道：「那就這麼算了不成？沒有錢，還有廠房，還有機器設備，就是變賣了，也得還我的集資款！」

瘸子一臉神秘地說：「哎哎，你們聽說沒有啊，寶元公司在橋西區匯金公司有股份，匯金公司在寶元集團也有股份，他們有連帶責任的。張二蛋被抓了，寶元公司被查封了，可匯金公司還在啊，讓他賠啊，憑什麼寶元掙了錢有他一份，賠了錢不承擔債務啊，你們說是不是？」

「什麼什麼？你說橋西區的匯金公司跟寶元還有這層關係？」

「那可不，寶元集團在匯金公司投資可不少，寶元垮了，匯金那邊生意可正紅火，他們不能不管啊。」

「哥們兒，咱們去橋西吧，說不定能把錢討回來。」有些人開始議論起來。

瘸子楚文樓陰陰一笑，在人群裏穿梭一陣，換個地方拍著大腿繼續煽動起來……

陸陸續續，開始有人跑到匯金公司鬧事，拿著集資收據要求還款。張勝帶著人不斷地向他們做著解釋工作，用自己也不甚明瞭的公司法、股份投資方面的知識解釋著匯金與寶元公司的關係，請群眾不要感情用事，不要牽連他人，但是公司招牌上赫然寫著「寶元」二字，那些集資群眾就像溺水的人抓住了一棵救命稻草，張勝喊得嗓子都嘶啞了，哪有人肯聽。

在此情形下，張勝讓鍾情火速趕到區管委會，並向市政府報告，謀求政府出面協助做解釋工作，一方面召開公司會議研討對策，最後同寶元集團臨時負責人、張二蛋的長子張滿福取得聯繫，決定以現金方式把寶元集團在匯金公司的股份贖回去，儘量釐清彼此的關係。

但是由於公司附近鬧事群眾越來越多，擔心受到殃及的批發市場方面和冷庫方面開始陸續有客戶離開，並收回保證金。為了穩定其他客戶，對這些人說服不了的，張勝都按數發還了錢，沒有做絲毫刁難，這一來公司流動資金開始捉襟見肘。

等到想要贖買寶元公司股份時，公司帳面上已經拿不出這麼多現金了。張勝想起徐海生，可是一天下來，電話不知打了多少個，根本找不到他的人影。

牛經理出了個主意，讓張勝用自己在寶元集團的五百萬元煤礦股份，贖買寶元集團在自家公司的一百萬元股份，這對寶元集團來說，是占了絕大便宜，但是寶元公司臨時負責人張滿福是個鼠目寸光的窩囊廢，在他眼裏看來，煤礦已經垮了，公司已經垮了，他的家族已經垮了，張勝肯用現款贖買股份他求之不得，想用一個已經報廢了的煤礦股份換股份，他是絕對不肯。

事情就此僵在那兒，好在市政府為了避免事態擴大，及時做出了反應，再三申明寶元集團事件不得牽連過廣，市政府和區管委會都派了人趕到現場做工作，才暫時把事態穩定下來。

張勝這兩天吃不好睡不好，不是在公司開會研究解決方案，就是開著車到處聯繫謀求對策，身心俱疲。他在市政府耗了整整半天，臨出門接到鍾情打來的電話，聽說圍堵公司大門的群眾在政府工作人員的規勸解釋下已經陸續離開，這才鬆了口氣。

這時，他才感到疲倦，無盡的疲倦，渾身的力氣好像都被抽走了。

他勉強開著車子走到一半，就覺得腹疼難忍，見路邊有家藥店，急急忙忙停好車就衝了進去。

「有瀉藥嗎？」

「性藥？男用女用？」戴著老花鏡、花套袖的一位大媽抬頭問道。

「我的老天，這還分男用女用？行了行了，你一樣給拿一瓶。」張勝強忍著腹疼說道。

那位大媽二話不說，甩出兩支塑膠瓶，張勝拿了藥就跑，沿著路走了一段，還沒找到小賣部買礦泉水，已經有點憋不住了，看到前面有家公廁，他立即快步衝過去，扔下十塊錢抓起衛生紙就跑，連錢也不找了。

進了公廁解決了問題，又找到小賣部買了瓶礦泉水，回到車上掏出藥瓶來一看，一瓶是《頂級濃縮慾火》，下邊一行小字：「能量強大，無堅不摧，別讓女人失望，是男人義不容辭的責任！只要一粒！」

另一瓶是：《黑寡婦性愛催情丸》，「服後五分鐘，慾火如焚，愛液橫流，高潮迭起，翻江倒海，再不讓男人掃性！」

「我靠！」張勝沒好氣地罵了一句。

這時手機響了，張勝把藥一揣，打開了電話。

「喂，勝子，公司的事怎麼樣了？」電話裏傳出秦若蘭關切的聲音。

張勝不想讓女友操心公司的事，在她面前一向說得輕描淡寫，秦若蘭不知道事態到底有多嚴重，但是卻知道這是張勝目前最大的麻煩。

「沒啥，市長辦公室都派人出面了，經過做工作，跑來鬧事的集資群眾已經離開了。放心吧，這事兒和我沒關係，要是因為這個找我的麻煩，那以後股份公司的股東全都沒保障了。」

「真的？你可不要騙我，聽你說話有氣無力的呢。」

「真的沒事，主要是這兩天吃不好睡不好的，身體有點不舒服。我現在回玫瑰路住處去休息一下，身上沒勁兒。」

「嗯，你去吧，啵，愛你。」

張勝掛了電話，又給鍾情打了一個，把情況向她說明了一下，鍾情關切地說：「那你去吧，有什麼重大事情我給你打電話，普通的事就不要太操心了，身體要緊。」

「好！」張勝放下電話，把車開到玫瑰路那套樓中樓住宅前停好，上了樓往床上一倒，拉過一床被子蓋在身上，便沉沉睡去。

睡前張勝有點低燒，肚子也有點鬧得慌，這一覺也不知道睡到什麼時候突然醒了，他睜開眼看看窗，看那光線，大概是晚上五六點鐘。

張勝伸了個懶腰，到底是年輕，這一覺補上，覺得力氣重又回到身上，那點頭腦熱的毛病也消失了。他呼了口氣，坐了起來，忽地嗅到一陣香氣。

張勝站起來向外走去，越往外走，那香味兒越濃郁，等走到樓下，就見一個嬌俏的人正在陽台上忙活著，纖細的腰間繫著圍裙，她快活地忙碌著。

張勝抱著雙臂靠在牆上，目不轉睛地盯著她看，這一刻，真的有一種不知名的感覺像溫暖的河流，在他的心裏悄悄地流淌著，溫暖了他的全身。

「啊！嚇死我了。討厭呀你，走路都沒聲音的，病好了嗎？」秦若蘭猛一扭頭，嚇了一跳，她拍著心口走過來，用手背靠了靠張勝的額頭，蹙眉道：「還在燒呢。」

張勝低笑，捉住她紅通通的小手，在掌背上吻了一下，說道：「小傻瓜，你玩了半天冷水，手是冰的呀。」

「你等等啊，我買了兩個菜，正在煲湯，等湯燉好了趁熱再喝。」

「好！」張勝說著，卻跟了上去，從後邊靠緊她，手順著她的臂，握住了她纖細的手臂。

「討厭鬼，去客廳坐著。」秦若蘭用屁股拱了他一下，又回頭看了他一眼，壞壞地笑：「我看你站都站不穩的樣子，今天還有力氣壞嗎？」

張勝心裏發癢，這種平日端莊俏麗的女孩偶爾浪一下真是別有風情。

一會兒工夫，秦若蘭把佐料放好，淨了手，跑到客廳裏看了看時間，點點頭說：「嗯，六點了，你再耐心等一個小時吧。」

「來呀，陪我等。」張勝伸手一抄，攬住她的纖腰，把她拉進了懷裏。

「喲，還有力氣啊，我的大少爺。」秦若蘭笑吟吟地說。

張勝搖搖頭，說：「沒力氣了，身上還有點軟。」

秦若蘭吃吃地笑：「就知道你今天玩不出花樣了，還不放開我？」

張勝忽然覺得這種溫馨的感覺也不錯，他笑著抱緊秦若蘭，把她的小屁股壓在自己雙腿上，莞爾搖頭道：「不放，我沒力氣，你可以在上面呀。」

秦若蘭美目橫瞟，哼道：「美得你，你老人家那麼厲害，我累死也不能讓你滿足呀。」

「呵呵，誰說不能……，啊！對了，你等等！」

張勝忽然想起了什麼，摸摸口袋，然後跑到一邊去，偷偷摸出藥瓶倒出兩粒《黑寡婦性愛催情丸》，然後倒了一杯水，走回秦若蘭身邊。

秦若蘭正在看電視，張勝把藥攤在掌心，遞過去說：「來，吃掉。」

秦若蘭探頭看了看：「什麼東西呀？」

「嘿嘿，放心吃吧。」

「我才不吃，我又沒生病。」

「吃吧吃吧，我會害你嗎？」

「真的？」秦若蘭用狐疑的眼神看他。

張勝嘿嘿一笑，故意做出一副色狼樣，說：「這個啊，是迷藥，聽說你吃了以後，就會人事不省，然後……嘿嘿嘿，一個黃花大閨女就沒了。」

秦若蘭紅著臉呸了一聲，嗔道：「黃花大閨女早就沒了，你這個大壞蛋！」

「來吧，吃了，我保證不會害了你的，呵呵。」

在張勝連哄帶勸之下，秦若蘭到底沒問出那是什麼東西，但還是把它吃了下去。

兩個人坐在沙發上看著電視，秦若蘭依偎在他的懷裏，有一下沒一下地看著電視說：

「勝子，事情真的解決了嗎？要不要找哨子、李爾家裏幫幫忙，我爸也認識一些關係的。」

「不要，我自己能解決的，不能解決的話也儘量不找朋友。張二蛋這件事牽涉太廣，這是個大坑，誰進來誰倒楣，我不拉朋友下水。」

「你呀……」秦若蘭歎息一聲，「好在現在平靜下來了，你也不要總是這麼忙了，過兩天等事情完全平息下來，你給自己放個大假，我陪你到南方去遊山玩水，賞賞風景吧，散散心對你有好處。」

「去哪裏呀？」張勝嗅著她髮絲間的清香，說：「世間美景盡在你身，有山有水，美不勝收，一輩子也看不厭了。」

秦若蘭扭身笑眼看他：「真的？」

「真的！」

秦若蘭挺起腰，賞了一個甜吻。

張勝看看牆上的掛鐘，已經過了大約十分鐘了，再看看秦若蘭嫣紅的臉蛋，他忽然問道：「你現在有什麼反應，不要猶豫，馬上回答。」

「有啊。」

「哈，我就說呢，還真管用。」張勝眉開眼笑地解上衣。

「你也熱啊？去！」秦若蘭推了他一把。

張勝一愣：「去哪？」

「倒水啊，好熱，渴死我了。」

「啊？」張勝摸摸後腦勺，莫名其妙地去接了杯水回來，秦若蘭接過去一飲而盡。

「呀，舒服多了，今晚怎麼這麼熱呀，像吃了人參果似的，再幫我接一杯。」

張勝看看手裏的杯子，疑疑惑惑地走回去。

……

「再接一杯，算了，別走來走去的了，你多接兩杯在這兒放著。」

半小時後，小美女秦若蘭像隻青蛙似的毫無形像地癱在沙發上，肚子圓得像是懷了六個月，有氣無力地躺在那兒嗔罵道：「該死的，你弄的什麼藥啊，快撐死我了。」

張勝苦笑……

第三章 承認

張勝直起腰，迎視著她，站起來低吼道：

「你究竟想要什麼？我承認自己心裏有了你，
也準備好了來接納你，這還不夠嗎？
為什麼一定要強行抹去我曾有的一切印記，為什麼非要逼著我撒謊？
有什麼心事你會説出來，但我不會，
我會靜靜地一個人躲到暗處舔舐自己的傷口，直到那傷處痊癒。
你不要一次次揭開我的傷口，追問我好沒好，成不成？
就算親如夫妻，也有屬於自己的空間！
給我時間，給我一點自己的時間；
給我空間，給我心裏留點屬於自己的空間，行不行！」

一盞台燈，賈古文坐在燈下，手中拿著一支金筆，眉頭凝成一個川字，嚴肅、莊重、虔誠。

又吸了口煙，煙霧在燈光下氤氳成一幅幅魔鬼般的畫面。賈古文凝神想了想，把寫了半篇的紙一把扯掉，然後重新提筆寫道：

尊敬的省紀委領導，您好：感謝您在百忙之中能夠抽出時間閱讀這封信。

因為擔心被人報復，我被迫以匿名方式向您檢舉揭發，但是請相信我信中所述事實，我以一個有著二十四年黨齡的老黨員的身分，向您鄭重保證，我所說的都是事實。

我是懷著無比悲憤的心情寫這封控告檢舉信的，我所控告和檢舉的是橋西區管委會現任主任牛滿倉貪污受賄的事情，和在他包庇之下的寶元匯金公司董事長張勝行賄、虛假注資等犯罪事實……

這封信洋洋灑灑地寫罷，賈古文瞇著眼又看了一遍，陰險地笑了起來。

寶元公司出事之後，賈古文立即挖門盜洞地打探這方面的消息，同時授意楚文樓去群眾集會現場，希望把火引到匯金公司，不過匯金公司直接走了官方路線，在市政府干涉下平息了這場鬧劇。但是在這過程中，賈古文卻掌握了更多他迫切需要的資訊。

張二蛋的被抓，表面上的罪名是因為強姦幼女。儘管那些女孩都是為利所誘，因為虛榮而願，不知自重自愛，但是因為年齡偏小，在法律上就是強姦幼女。不過以張二蛋的能量，僅僅因為這件事還不足以這麼快對他動手，他被抓是大有名堂的，是有大背景的，所以從部署到報批再到執行，張二蛋才會完全不知情。

而張二蛋被捕之後，引發了一系列問題，包括寶元公司重複抵押貸款、非法集資、行賄受賄、偷稅漏稅等等違法行為，都因為一件事的阻礙誘發另一件的暴露，從而導致了寶元帝國迅速全面崩潰。

這時，張二蛋及其寶元集團暴露的問題已經是千瘡百孔無法填補，最初在背後支持並授意逮捕張二蛋的大人物證據在握，開始從幕後走到台前。分別屬於兩個陣營的勢力漸漸把暗鬥變成了明爭，而鬥爭的焦點和關鍵就是省內最大民營集團寶元公司的倒塌和該公司董事長張寶元的罪行。

曾經扶持並和張寶元保持密切關係的一派完全陷入了被動，只能步步退守，儘量維持局面。賈古文獲悉這些消息後，知道時機已經成熟，打倒張勝的最好機會已經到了。

他首先讓楚文樓把火引向匯金公司，可惜在市長的直接干預下沒有成功，但是這已經讓他們更加被動和狼狽了。目前的情形是，他們已經沒有辦法保全張二蛋，只能盡最大努力把事情壓縮在最小範圍，減少波及人員，所以是絕不願意讓事態不斷擴大直至發展成一場無法預計的大風暴的。

可是，戰機稍縱即逝，另一股勢力會允許嗎？

賈古文獰笑起來：「這一次，給你套上實實在在的罪名，張勝啊張勝，我看誰還敢包庇你，誰……還能包庇得了你！」

「討厭啊你，快把我灌成水耗子了，成心不讓我喝湯是吧？」秦若蘭又一次從廁所走出來，大發嬌嗔。

張勝訕訕地道：「不會啊，你想喝我給你盛啊。」

「還喝呀，我現在一碗都喝不下去了。」

「那沒關係，」張勝壞笑：「我來喝湯，一會兒給你喝湯之精華，濃縮型的。」

秦若蘭臉紅如血，追打著他，笑罵道：「要死了你，什麼渾話都說！」

張勝跑回座位端起了湯碗，秦若蘭一見便止了步，笑問道：「好喝嗎？」

「嗯，好喝。」

秦若蘭一臉滿足，眼神也柔媚起來：「那就多喝一點兒，涼了就不好喝了。喜歡喝，我以後經常給你做。」

「嗯，呵呵，有人侍候還真是幸福。」

「哼，還不是看你累得這樣，我不心疼誰心疼啊？現在知道我的好了吧？」

「嗯，知道了，秦二小姐呀，是最好的女孩！」

秦若蘭坐在對面，拄著下巴嫣然道：「那當然啦，那你愛不愛我呀？」

「愛！」

「是不是最愛？」

張勝滯住，秦若蘭立刻意識過來犯了張勝的忌諱，表情也僵滯了，片刻之後，她才強笑著打圓場說：「呵呵，當然不會啦，你還有爸爸媽媽、還有弟弟，他們都是至親的人嘛。」

「行了！」張勝煩躁地說。

這句話說完，屋子裏一下子靜了下來，靜得可怕。

張勝在秦若蘭的注視下慢慢不安起來，他苦惱地道：

「你給我點時間好不好，為什麼一定要我說出是不是最愛你？我不是已經和你在一起了麼？」

秦若蘭直直地凝視著他，一字字地說：

「你是不是覺得我有點得意忘形，恃寵而驕了？你是不是覺得你對我好了一點，我就開始不知進退了？你是不是覺得我不再像以前，你肯跟我說句話，肯給我一個笑臉就滿足，變得貪得無厭，越要越多了？」

「我沒有！」張勝埋頭說。

「你有！」

「說了沒有！」

「你撒謊！我為什麼這麼在乎這件事，總想從你口中聽到準確的回答？是因為我在乎你，你的最愛是不是我，這對我……很重要，很重要……可我偏偏摸不到你的心……」

她說著已淚流滿面：

「我從小到大，哭的日子沒有跟了你之後哭的次數多！我跟你，什麼都不求，只想要你的一句承諾，只想知道你是不是愛我，為什麼從你嘴裏說出來就這麼難？優柔寡斷、對感情放不下、拿不起，比張無忌還張無忌，你還是不是男人？」

她的肩頭抖動著，輕微起伏顫抖著的纖細身體中，分明又蘊藏著一種強遏的力量。

張勝直起腰，迎視著她，站起來低吼道：

「你究竟想要什麼？我承認自己心裏有了你，也準備好了來接納你，這還不夠嗎？為什麼一定要強行抹去我曾有的一切印記，為什麼非要逼著我撒謊？」

「有什麼心事你會說出來，但我不會，我會靜靜地一個人躲到暗處舔舐自己的傷口，直到那傷處痊癒。你不要一次次揭開我的傷口，追問我好沒好，成不成？就算親如夫妻，也有屬於自己的空間！給我時間，給我一點自己的時間；給我空間，給我心裏留點屬於自己的空間，行不行！」

秦若蘭也霍地一下站了起來：

「你自私！其實你心裏是恨著我的對不對？這就是你的心病，如果不是我找你喝酒，如果不是我酒醉與你上了床，你現在正新婚燕爾，享受小璐與你溫柔甜蜜的新婚生活，對不對？」

「這是事實，對不對？為什麼要否認？但是我沒有恨你，這也是真心話，我說了，那是我自己的錯，或者，誰也沒有錯，我沒有恨過你！」

秦若蘭的目光像箭一樣射穿了他的眸子，直入他的心底：

「你有，張勝，你有的，只是你自己也沒有發覺罷了。其實你心裏一直把她離開的原因完全歸咎於我，這就是你無法徹底接受我的原因。」

「你們女人，真是不可理喻，不要自作聰明自以為是好不好？她這樣，你也這樣，這到底是怎麼了？」張勝氣得團團亂轉，揮著手道：「剛才不是好好的嗎？為什麼要吵，為什麼一定要吵？」

「因為我們已經走到了今天，所以我想知道，自己是不是走進了你心裏。我想聽你告訴我，你愛不愛我，你有沒有接受我！」秦若蘭也火了，柳眉一豎，針鋒相對地說：「你就不能痛快地說一句話？」

張勝頓生反感，反唇相譏道：

「怎麼說？告訴你說還沒有，我心裏還有個疙瘩沒消化，我這樣說了，你就會因為我的坦率而開心了？」

「還是讓我說我心裏只有你，從來沒有愛過別人，說你是我的生命，我的唯一，這樣就可以哄得你開開心心了，你信嗎？跟我在一起，讓你整天以淚洗面是嗎？那我呢？我和小璐相處兩年，吵架還沒有認識你一個月的時間吵得多！」

「滾你的蛋！」秦若蘭抓起一個碗就砸了過來。

張勝一閃，碗落到陽台地面上，摔得粉碎。

秦若蘭一彎腰，抄起拖鞋又丟了上來。

張勝被她的小辣椒脾氣氣得臉色鐵青，正想衝上去制止她的瘋狂，秦若蘭又搬起了椅子，咬牙切齒地舉起來罵：

「王八蛋！我沒她溫柔是不是，我沒她懂事是不是，我一無是處……」

張勝撲過去把她攔腰抱了起來，防止她把這家拆了。

秦若蘭跟著姐姐練攀岩和散打，無論是力氣還是搏鬥技巧，要對付張勝都不成問題。她反手一抓張勝的胳膊，剛想凌空將他摔出去，人已經被拎了起來，終於還是又放了下來，轉而氣不過地抓住他的手，狠狠地咬了一口。

「呀！」張勝一聲叫，抽回了手，手背上整整齊齊兩排牙印。

「你瘋了你？」張勝怒不可遏，「再鬧就滾出我的家！」

「王八蛋！」秦若蘭一聽，如同小老虎似的猛撲上來。

張勝不肯還手打她，舉著手遮擋幾下，只好倉皇抱頭鼠竄，逃到門口時才撂下一句狠話：「好，你不滾，我滾，你就住這兒得了！」

「砰！」房門關上了，裏邊傳出秦若蘭嘶聲痛哭的聲音：「你有種別回來，永遠別回來！」

「轟」地一聲恐怖巨響，電視機報廢了。

張勝穿著襯衫長褲，腳下一雙拖鞋，站在初春的街頭瑟瑟發抖，來回轉悠了半天，才想起錢包和車鑰匙全在上衣口袋裏，可他實在沒有勇氣再走上去了，只好搭了輛計程車回公司去。

冷戰，這一次特別地漫長。

很快，張勝就通過一些管道聽說了有人檢舉他抽逃出資正被秘密調查的事，原本他是不可能掌握這方面的消息的，但是現在上面的鬥爭如火如熾，秘密只是相對於普通百姓而言的，在他們之間都是明面上實力的較量，搶的是時間、時機，已經不存在什麼陰謀詭計了。不想張勝就這麼栽倒的人，自然會想辦法通知他，讓他做好準備，爭取擺脫這一罪責。

張勝還是頭一回聽說這種罪，仔細瞭解之後，才知道當初徐海生搞的什麼外資注資，然後再抽離，竟然是犯罪。而這一切全是以他這個董事長的名義做的。

張勝不禁怵然心驚，那個時代如雨後春筍般出現的公司，假注資是一種普遍現象，只要後期經營中不出問題，很少有人去追究，但是現在寶元公司案已經成了個旋轉著的大黑洞，但凡涉及進去的，無不被撕得粉身碎骨，有些人正在著意擴大這漩渦的範圍。

市裏的在省裏有靠山，省裏的在市裏有爪牙，以寶元集團案為契機，外界聽到的是如火如荼的案件查辦過程，而幕後，卻是刀光劍影的權力鬥爭。

在這場激烈的廝殺中，案子本身已經不算什麼了，這場權力遊戲中，只要需要，就可以犧牲，任何個人都是一件道具，這一來，張勝就隨時可能面臨極大的危險了。

張勝緊張起來，想找那位律師密友討教一番，但是這個人很奇怪，只有她打來，很少能打得過去，就像她經常關機一樣。無奈之下，張勝重金聘請了一個律師做法律顧問，仔細討教這方面的知識和可能的應對舉措。

最後，張勝制定了兩點方案：一是立即聯繫徐海生，因為這件事當初是他辦的，前因後果整個流程他都清楚，假注資的問題需要他的配合才能堵上。

滙金公司下設批發市場公司、冷庫公司、房地產公司三個部分，再加上總公司最初的賬務非常混亂，只要把資金轉回來，賬簿上再做做手腳，想要查清就非短時日的工夫了。只要能拖過這場權力鬥爭，那時想讓人查怕也沒人有興趣了，只要公司現在經營正常，稅賦照交，誰還有心去管呢？可是要辦成這件事必不可少的就是徐海生的配合。

二則需要他立即返還拆借的資金，要用這筆錢來充當當初的注資款。

電話打了近一個小時，張勝除了開始介紹整個情形外，基本上全是聽著對方在講話。鍾情聽不到兩個人的談話過程，只看到張勝的臉色越來越白，越來越難看，最後握著電話的手一直在發抖。

電話一放下，鍾情便急忙問道：「怎麼樣？他答應嗎？」

張勝眼簾緩緩垂下，攸閃即逝的一聲笑，笑得鍾情毛骨悚然：「到底怎樣了？」

「各人自掃門前雪，哪管他人瓦上霜？」

「那個畜牲溜了？」

「江湖，沒有朋友……」

「我早說過他靠不……」

一句話沒說完，鍾情就聰明地閉了嘴，說道：「怎麼辦？我們不能坐以待斃，能做多少做多少，這公司是你的心血，不能讓它就這麼垮掉。」

張勝眸子閃爍了一下，忽然抬起頭，定定地看著鍾情，眼中泛起奇異的光彩。

鍾情被他看得有點發毛，怔忡地退了一步，問道：「你……這麼看我幹什麼？」

張勝一字字地道：

「這兩天，為了應變，我讀了許多經濟法律文件。我們的批發市場和冷庫公司都是子公司，而非分公司，獨立核算，自負盈虧，這樣，匯金實業開發股份有限公司即便牽扯上什麼官司，也不會由下屬的這些子公司來頂缸。可是，為了以防萬一，我們必須做得更全面一些。」

鍾情問道：「怎麼做？」

張勝說：「這兩家公司的董事長還是我，我是全資控股的，這就是風險之所在。趁著官司還沒有找到我頭上，馬上變更法人，股權分立，把你和郭胖子、黑子，分別扶正為三家子公司的老總。」

鍾情吃了一驚：「我們？怎麼可能？姓徐的是第一大股東，他不點頭，怎麼辦得到？」

「徐海生不肯把拆借資金還給我們，他已經知道這裏發生的一切了。他擔心錢還回來，他什麼都落不下，竹籃打水一場空，所以……他用抵押的全部股份充作還款，徹底跟我撇清關係了。」

鍾情臉色一白。

張勝繼續說：

「這樣，我就是公司第一大股東，控制著百分之九十的股份，有權做出分立決定。你們在公司服務這麼久，不能一無所得，以獎勵公司股份的名義先轉到你們三人名下一些股份，然後再以增持股份，代價是替總公司償還企業欠款和銀行貸款的名義，撥給你們一部分股份，讓你們三個成為下屬子公司的控股人，我的名下保留小部分，這樣一旦匯金被罰沒，也能最大限度地……」

「這不行，我反對，這不是在瓜分你的財產嗎？」

「反對無效！只有這樣，才能最大限度地保全我的財產、我的事業！我不想我辛苦努力建設的一切，一夜之間煙消雲散。徐海生這個人嗅覺非常靈敏，他這樣小心，一副如臨大敵的樣子，必定是感覺到了什麼。」

「怎麼會呢，我們和寶元的關係，還不足以讓我們來承擔他們的債務吧？再說，即便抽逃出資罪成立，也沒有拿公司抵債的道理。」

張勝嘴角一翹，冷冷笑道：「我看穿了，這兩天，我也瞭解了一些發生在上面的事情。你說的是法，是常規，但我說的是政治，為了政治利益被犧牲，稀奇嗎？」

這時手機響了，張勝一看，是秦若蘭的號碼，順手又關掉了，繼續吩咐：「要快，必須馬上做！」

他叫辦公室的人通知郭胖子和黑子馬上趕來，然後對鍾情又說：

「匯金實業這塊牌子，也許保不住了。當然，我說的是最壞的情形。一旦發生這樣的情形，那麼至少通過你們，我還可以保全我的實業。我創立的公司，這是最重要的，何況，在你們的公司，我還擁有股份，不至於赤條條來去空空。」

鍾情知道現在不是感情用事的時候，沒時間上演悲情戲了，她緊張地問道：

「那……房產開發公司呢？這一塊原本是由徐……負責的，等徐海生的傳真一到，就歸屬你的名下了，要不要做處置？」

張勝搖搖頭，說：

「人要知足，見好要收。我必須得留下一塊肉，而且必須留下最大的那塊肥肉讓人分，光留一個總公司的空殼，太侮辱別人的智商了。房產開發公司留下，和總公司、和我同生共死吧，不過在我眼裏，水產批發市場和冷庫公司才是最重要的兩個實體，才是能夠雞生蛋，蛋生雞的老本。」

一切以最快的效率在進行，張勝一旦被限制了自由和權利，那時就無法再辦成這件事了。張勝火速招來張勝和黑子，把這件事向他們說明了一番，兩個人一下子從打工仔變成了老闆，都有種做夢般的感覺。

郭胖子還好些，一切盡在不言中，黑子則興奮得滿臉紅光，興奮過後，想到張勝面臨的情形，黑子拍著胸脯保證一定替張勝保全屬於他的那一份，而且還會讓它變得更加壯大。

張勝聽了只是笑笑，他已身心俱疲，全身的力氣好像都被抽走了。

吩咐完畢，命各人火速行動，務必馬上把相關法律文書辦妥之後，仔細又想了一遍有無漏洞，張勝才抓起電話給秦若蘭打回去，可是秦若蘭的手機已經關機了。

張勝蹙了蹙眉，擱下電話總覺得心神不寧，想打電話到她家去，猶豫半晌，撥通的卻是李浩升的手機。

「浩升，你在哪兒？」

「什麼事？」李浩升的口氣有點不善。

「哦……你知道若蘭在哪兒嗎，我有點事……」

「她不想見你。」

張勝立刻反應過來，問道：「你知道了？」

李浩升口氣很衝：

「我什麼都不知道，她原來說不出國了，但是現在又說要出國去。老頭子找人給她辦了護照，我想著朋友一場，該讓你也來送送，她說什麼也不肯，那些含含糊糊的話，我就是傻瓜聽了也知道了。」

他的聲音提高起來：

「張勝，我二表姐的脾氣我知道，雖說脾氣火爆點，可是對人好起來絕對沒得說，她長這麼大就沒談過戀愛，你是第一個，現在你把她氣到出國……」

張勝接口道：「浩升，你聽我說……」

「你還說什麼？她原來什麼樣，現在什麼樣？瘦得下巴尖尖，臉上就剩兩隻大眼睛了，一陣風都能把她吹得走，你們之間的事輪不到我過問，不過我拜託你，不要再折磨她了。」

「你他媽的閉嘴，她現在在哪兒？」張勝突然遏制不住憤怒，跳起來拍桌大吼。

「機場！一〇七〇次航班，四點二十的飛機。」

「幫我攔住她，有什麼事，等我到了再說。」

「來不及了，她已經過了安檢口。」

說完，電話關了。

張勝看看手錶，跳起來就往外跑，驅車沿環城高速直奔機場。

一路上，他的心跳如奔雷，莫名的恐懼感讓他的手腳冰涼，一直在簌簌發抖。

一直以來，他都知道秦若蘭會守在他身邊，從來沒有想過去刻意地經營這份感情。可是，愛不是一成不變的，愛也不會永遠保持激情，哪怕是人世間傳頌著的愛情故事中最完美的情侶，他們的感情也不會永遠只定格在最熾烈的一刻。愛，需要經營，需要潤滑……

當秦若蘭要離開的時候，他終於知道，其實……他是愛她的。

「各位旅客，您乘坐的C一〇七〇次國際航班現在開始檢票登機，請在五號登機口登機……」

秦若蘭提起手提箱，茫然若失地從座位上站了起來。

下意識地回了回頭，看到的卻是一面牆壁。

「罷了，走吧，一切都是夢幻一場。」

秦若蘭低下頭，忍下了眼中的淚。

「沒有你時，我戀戀不想走。當我以為我擁有你的時候，想不到我們之間的距離反而更遠了，終究，我還是要走的。」

遞過機票，收回機票，秦若蘭機械地往裏走。

「勝子，你可以為小璐站在路口等上一百天，卻吝於接我的一個電話，我留下還有什麼意義？如果，只是如果，你對我能有對她的一半好，我都會知足的……」

張勝衝進了機場候機大廳，汗流滿面地看看手錶，四點二十五分。

「同志，一〇七〇次航班走了沒有，我有急事，急事。」

張勝太陽穴上的青筋直蹦，諮詢台的服務人員看了看他焦急的樣子，指指電子顯示牌說：「喏，已經起飛五分鐘了。」

「什麼？」張勝暴跳如雷，「你們搞什麼啊，該延誤的時候不延誤，不該延誤的時候瞎延誤，這麼準時幹什麼？這麼準時幹什麼？」

他把桌面捶得山響，許多人望來，那名工作人員舉起對講機，似乎要叫保安了。

張勝失魂落魄地離開諮詢台，喃喃地道：「飛了，已經飛了。」

第四章
棄子

徐海生擱下電話，隱隱有些不安。

張二蛋那裏他不怕，他只是一個中間人，一個掮客，再怎麼算，這罪責也算不到他的頭上。

而張勝則不然，如果張勝為了脫罪亂攀咬，很難說不會把他牽連進去。

可是……救他出來？當今這種局面，哪有這種能量？

徐海生嘴角又露出那種令人不安的笑容：「既然不能救他出來，那就在倒塌的牆上再重重壓上一塊石頭，讓他永不見天日吧！該棄子時得果斷棄子，防患於未然，這樣最安全。當初麥曉齊如此，張勝也該如此！」

傍晚，張勝走出他在玫瑰路的家。

這裏，曾是他想築就的愛巢，可是，第一個他心愛的女人，他沒有把握住，眼睜睜看著她走開了。第二個，他明明可以把握住，最後還是被他親手推開了。

家裏很乾淨。

吵架的那晚他回到了公司，第二天回去取手機和錢包，屋裏還是一片凌亂。他拿了東西就走了，也無心收拾。

此番再來，屋裏已經乾乾淨淨，一塵不染。秦若蘭一定是在第二天或者更晚些的時候重新趕回了這裏，把一切收拾乾淨。她心裏也想著要破鏡重圓的吧。

昨天，那個電話打來的時候，他正有重要的事要做，只想著大事吩咐完畢，再打電話給她。兩個人的氣，過了這麼久也該消了，其實他的心底也有些期待，期待兩人的複合，期待她的笑臉。

可是，她等了他那麼多次，等了那麼久，為什麼偏偏這一次，卻等不了一個小時。

造化弄人啊。你偶爾幽默生活一下沒什麼，偶爾被生活幽默一下卻是慘不忍睹。張勝想起這一切，真有種哭笑不得的感覺。

玫瑰社區不遠處一個髮廊，幾個衣著可疑、面目可疑的女郎審視地打量著這個男人，他穿著白襯衫，薄絨線衣，沒有外套，像是下樓散步的，應該沒生意可做，於是她們紛紛又轉過頭去。

一個二十多歲的年輕人騎著輛破舊的自行車從眼前駛過。那模樣像極了兩年前的他，一個穿十塊錢一件的廉價襯衫、吃一塊五一碗麵的小工人。

看著那個人的背影，怔怔地想著變化種種，張勝有種做夢似的感覺。在時光中轉了個身，忽然之間他就成了千萬富翁。兩年來的精彩是他從來沒有想過的，這一切究竟是真還是假，會不會只是一場繁華而空虛的夢？

髮廊正在放《流光飛舞》這首歌，張勝知道，下一首一定是《一剪梅》，他把今晚《音樂之聲》檔期節目全部買斷了，整個時段就會播放這兩首歌。

這是他送給秦若蘭的歌，儘管她聽不到。

「半冷半暖秋天，熨貼在你身邊，靜靜看著流光飛舞，那風中一片片紅葉，惹心中一片綿綿。半醉半醒之間，再忍笑眼千千，就讓我像雲中飄雪，用冰清輕輕吻人臉，帶出一波一浪的纏綿，留人間多少愛，迎浮生千重變，跟有情人做快樂事，別問是劫是緣……」

張勝心想：「沒有關係的，等她到了倫敦安頓下來，有了地址和電話，我再聯繫她。大不了，我親自跑一趟，去英國找她，站在她的門口等，半夜給她唱情歌……」

「像柳絲像春風，伴著你過春天，就讓你埋首煙波裏，放出心中一切狂熱，抱一身春雨綿綿……」

張勝踏著歌聲往回走，剛剛走到樓下，恰好遇到幾名從樓上走來的人，都穿著員警制服，其中一個看見張勝先是一愣，然後舉起手中一張紙看了一下，問道：「你是張勝？」

張勝也是一愣，順口答道：「是！」

「你涉嫌行賄罪和抽逃出資罪，請跟我們走一趟。」

張勝臉色一白，他沒想到這麼快就開始調查他，從這情形看，上邊的鬥爭已經非常激烈，進入白熱化狀態了。幸好他該做的利用昨天和今天上午的時間已經全做完了。

他深深吸了口氣，說：「我……可以給家裏打個電話嗎？」

一名員警板著臉說：「不必了，我們會通知你家裏人的。」

「那麼……我上樓穿件外套行嗎？」

「不需要，我們會通知你家裏人給你送的。」

張勝心裏一沉，他猛地意識到，他的案子，已經不是接受調查那麼簡單了。

鍾情一連打了十幾個電話，但是張勝就是不接聽，她知道，已經出事了。員警可是先來了公司，沒有見到張勝本人，於是索要了他的住址才走的。

鍾情急得團團轉，咬了咬牙，她翻開張勝的記錄本，找到了徐海生的電話。

「喂？」鍾情的聲音有些發顫。

「哪位啊？」懶洋洋的聲音，旁邊還有女孩子嬌笑的聲音，和一串嬌昵的日語。

鍾情強忍嘔吐般的感覺，說：「張勝被抓起來了！」

「什麼？哦……哈哈哈哈，鍾情，是你呀。我的傳真文件已經發過去了嘛，我和匯金公司已經沒有任何關係了，這件事，找我有什麼用？」

鍾情咬著牙：「當初，是你出主意找人代辦註冊資金的，怎麼能說和你沒有關係？警方現在逮捕他的罪名之一就是抽逃出資，只要你肯幫忙，把當初注資又抽資的漏洞彌補上，他就不會有事。」

徐海生的語氣冷淡下來：「很晚了，如果你要打電話和我這老情人調調情呢，我不勝歡迎。其他的事，恕不奉陪！」

「無恥！」

「哈哈，我倒忘了，你怎麼會找我重敘舊情呢？這麼關心，你是喜歡了張勝那小子了吧？」

「徐海生，如果張勝有事，我不會放過你！」

「你奈我何？」

「你會知道的！」

「咔嚓！」電話撂了，鍾情也恨恨地撂下了電話。

徐海生撂下電話，隱隱有些不安。張二蛋那裏他不怕，他只是一個中間人，一個掮客，再怎麼算，這罪責也算不到他的頭上。而張勝則不然，且不說許多事是在他的指使下辦的，而且一直到昨天以前，他都是公司第一大股東，如果張勝為了脫罪亂攀咬，很難說不會把他牽連進去。可是……救他出來？當今這種局面，哪有這種能量？

徐海生嘴角又露出那種令矢野麗奈不安的笑容：

「既然不能救他出來，那就在倒塌的牆上再重重壓上一塊石頭，讓他永不見天日吧！該棄子時得果斷棄子，防患於未然，這樣最安全。當初麥曉齊如此，張勝也該如此！」

他翻著手機號碼，最後撥響了一個電話：

「喂，是我。我和你說過的那個人……我知道，他已經進去了。你想想辦法，讓他再也別出來了。」

電話裏的男人說：「不好辦啊，這事亂來不得，我們也得依法辦事啊。」

「少跟我唱高調，坐實他的罪，讓他蹲在裏面，給你三十萬，如果你能找人在裏邊幹掉他，八十萬！」

電話那邊沉默了，過了半晌，那個聲音說：「我試試看，見機行事。」

徐海生滿意地掛了電話：八十萬疊在桌上，差不多有一米高。雇兇殺人，可以殺幾十個；姘女、模特兒可以姘一百多個，擠滿一屋子……誰能禁得起這個誘惑？

起風了，微風掠過燈影搖曳的街市，滿城枝葉婆娑，就像夢中的歎息。

張勝被帶著進進出出，也不知道走了幾個衙門，最後被帶到了一個熟悉的地方，當年他用自行車載著小璐來過的那個看守所。

車停下了，一個人跳下車去辦手續，張勝靜靜地坐在車上，面無表情，也不知在想些什麼。其實他什麼都沒想，整個大腦都處於關機階段。

一個員警看了看他，摸出支煙遞給他，張勝默默地接過來，那人給他點上，自己也點上一支，對面而坐，默默地吞雲吐霧起來。

過了許久，辦手續的人回來了，大門打開，車子向內駛去，一直開到大牆下，武警做交接，過警戒線，進入監區。高牆，鐵絲網，哨兵肩頭鋒寒的刺刀，一一閃進眼簾，張勝有種跨越時空進入戰爭年代的感覺。

他被押進辦公大廳，員警和看守所做交接簽字，一個看守所的員警走過來，上下看看張勝，問道：「身體怎麼樣，有沒有什麼傳染病？」

張勝搖搖頭，那個員警一甩頭：「進來！」

張勝被帶進辦公室，員警看了看他，淡淡地說：「脫衣檢查！」

張勝站著沒有動，旁邊過來兩個衣著像是犯人或是工人的傢伙，兇狠地道：「聽到沒有？脫衣檢查！」

後來張勝才知道，這兩個傢伙是自由犯，就是已經判了刑，但是刑期較短，沒有什麼危險性，在裏邊成了免費使喚的犯人。

張勝木然地開始脫衣服，抽去皮帶，脫掉皮鞋，兩個自由犯按按掐掐的開始檢查他身上有無傷痕和夾帶，張勝心裏充滿了羞辱感，覺得自己簡直就像是一頭任人擺佈的牲口。

那個民警則坐在桌後把張勝的物品一一記錄在案，這時一個自由犯拎起張勝的皮帶和皮鞋，仔細看了看。

張勝的皮鞋和皮帶都是名牌，哪個也得一兩千塊，那個自由犯眼睛一亮，湊過去對那個民警耳語了幾句，那個民警筆下頓了一頓，眼睛微抬，瞟了張勝一眼，輕輕咳了一聲，那個自由犯心領神會，便把這兩件東西放到了一邊。

張勝光著身子、赤著雙腳被叫到桌前簽字，那個員警臉上露出了一絲比較和靄的笑容：「家裏電話號碼留下來吧。」

一個自由犯趕緊替民警解釋：

「通知了家裏，才好來給你購買洗漱用品和被褥啊，另外呢，這裏週六週日只供應兩頓飯的，你要是不習慣，也要交錢才好有得吃，懂不懂？」

「哦！」張勝想了想，沒敢留下父母和兄弟的電話，他們都是老實的工人，能拖一天是一天，他不想讓他們擔驚受怕，於是把鍾情的電話留了下來。

隨後一個自由犯拿過號衣、拖鞋讓他換上。

張勝的號碼是C一〇七〇，他覺得這號碼有些眼熟，忽地想起秦若蘭乘坐的班機號，頓時汗毛都豎了起來：冥冥之中，莫非真有什麼神祇在那裏默默地關注著人世間的一切？蘭子，這是我的報應嗎？

接著，他又領到一床薄薄的軍被，張勝抱在手裏。想必是看在鞋和皮帶的份上，那個管教又給他代墊了五十元，拿了購物卷。一個自由犯唬道：「這可是管教替你墊的，記得家裏送錢時還上。」

那個民警笑笑，說：「跟我走吧！」

張勝點點頭，默默地跟在他的背後。初進宮的人到了這地方都有點發懵，聽著那空曠的腳步聲，張勝都覺得心慌。

過了「大閘」，進入通道，然後是牢區。鐵柵欄裏的犯人都用古怪的眼神打量著這個新來的人，那眼神，像極了剛剛關進牢籠野性未馴、仍想要擇人而噬的野獸，充滿了危險的感覺。

一進牢門，心驚肉跳
兩扇牢門，一大一小
三頓牢飯，餐餐不飽

四面高牆，站崗放哨

張勝看了一眼，一個像黑鐵鑄就般的漢子坐在牢房靠牆的一側，拍著大腿，用一種揶揄的語調在說話：

五湖四海都來報到
六親不認只認管教
七情六欲全部忘掉
八條監歸條條背到
九……

「閉嘴！」一個管教喝了一聲，那個犯人懶洋洋地笑笑，閉上了嘴。

張勝這時才恢復了幾分神智，怵然發現，他已經被送進了看守所。這裏關著的都是他一向看不起的人渣，罪有應得的壞蛋，而現在，他也成了其中的一員。看著昏暗燈光下那一雙雙野獸般的眼睛，張勝不寒而慄。

兩年前，他抱著不惜蹲大獄的風險，抓住了他人生的最大一次機遇。他似乎成功了，風光無限，轉瞬間，他成了階下囚；兩年前，他打算一旦失敗才去承受的結局，卻在他以為已經成功之後突然到了，猶如黃粱一夢。

現在，他的未來已不是夢，而是做噩夢。

想起這一切，張勝也不知是該哭還是該笑。他仰天長長呼出一口氣，突然旁若無人地大聲念道：「一切有為法，如夢幻泡影，如露亦如電，當做如是觀！」

「老實點！」一個管教狠狠推了他一把，張勝一個踉蹌，念的聲音反而更大了：「一切有為法，如夢幻泡影，如露亦如電，當作如是觀！」

那名管教剛剛舉起手，旁邊牢房忽然傳來一個淡淡的，但是明顯是發號施令慣了的聲音：「有點意思，他是什麼人？」

旁邊是個單間，張勝沉浸在自己的世界裏，頭也沒回，被另一個管教押著向前走，剛剛舉手準備打人的那個管教卻停了下來。

這個單間關的自然也是犯人，可是無論是裏邊的佈置，還是那個管教的態度，卻又不像面對一個罪犯。

床鋪、枕褥，居然還有一張桌子，桌上還有一盞台燈，坐在那兒的男人看起來有四十多歲，但是只看他的眼神會更年輕一些。相貌很普通，氣質卻很儒雅，坐在那兒，居然有種淡淡的書卷氣撲面而來，就像電視劇《紅頂商人》胡雪巖那個演員的扮相。他的手裏拿著一份報紙，手邊有一杯茶，在台燈下映得清冽，水中芽芽直立，一旗一槍，這是極品雨前。

「文先生……」管教對那犯人說，「剛送進來的，行賄外加抽逃出資。」

那個犯人做出了「哦」的口形，卻沒發出聲音。他點著頭，用頗覺有趣的眼神瞟了眼張勝的背影，然後向管教擺擺手，笑笑。

「不打擾您了。」管教客氣地說，快步向張勝追去。

「嚓！」一個號房的鐵門被打開了。

「進去！」張勝被推了一把，不由自主地就撞了進去，再抬起頭，就見狹長的過道一側，是半米多高的大通鋪，有坐著的，脖子慢慢向他這邊扭過來，速度慢得就像生了鏽；有躺著的，懶洋洋地正坐起來，姿勢千奇百怪，就像佛堂裏的五百羅漢，鬼氣森森。

是九個還是十個，張勝沒有去數，眼中飛快地閃過的是搖晃的大腿、摸著下巴的手指，還有猙獰的眼神。光頭羅漢們臉上的神氣讓他有種被一群狼包圍著的感覺。他站在門口，一動不動，身後的鐵門「鏗」地一聲關上了，張勝的身子一激靈。

「為啥進來的？」大通鋪盡頭，一個人慢條斯理地問。

總共不到十五平米的空間，大通鋪上睡了近十個人，著實擠了點，但是那個人占了三個人的地方，左右都很寬敞。

「老大叫你呢，東西放下，快過去！」旁邊炕上有人踹了他一腳。

張勝知道在這兒耍不得橫，他忍著氣把東西撂下，走到那人身邊，旁邊馬上又有人喊：「蹲下，蹲下，怎麼一點規矩都沒有？」

張勝看看他們，剛一猶豫，就有一個人跳下來，重重一拳打在他的胸腹之間。

「呃！」張勝悶哼一聲，一下子半跪在地，捂著腹部，痛得喘不上氣來。

「媽的，不管你在外面是什麼人物，進來了就得守這裏的規矩，怎麼，不服？不服起來練練。」

「不許吐了，怎麼吐的就給我怎麼舔回去！」幾個大漢不懷好意地冷笑。

張勝蹲在地上乾嘔了一陣，慢慢抬起頭，仰視著坐在鋪上的大漢，很普通的一張臉，臉上有點橫肉，眼神裏帶著種似笑非笑的神情，一塊塊凸起的肌肉說明他有著過剩的精力。

好漢不吃眼前虧，軍隊裏還欺負新兵呢，何況是號子裏，張勝聽說過「服水土」和「過堂」這種事。他低低地喘息了幾下，向那明顯是頭鋪的男人低低地叫：「大哥！」

「什麼案子？」那人問。

「經濟犯罪。」

「具體點。」

「行賄、抽逃出資。」

「逃什麼？你說明白點。」

張勝咽了口唾沫，簡單地說了一遍，那人恍然：「哦，原來是個大老闆，頭回進來吧？」

「是！」

「叫什麼？」

「小弟叫張勝，初來乍到，大哥請多關照。」張勝儘量裝得畢恭畢敬，免得這幫暴力分子再對他施之老拳。

那一拳把他打醒了，在這地方，就是渾身武藝也別逞能，就算你一個能打八個，你也不可能廿四小時不睡覺，好漢不吃眼前虧。

那人陰惻惻地笑起來：

「這種地方，談不上誰照顧誰，自己有點眼力，就會少惹很多麻煩。嗯……以後叫我甄哥就行了。今天晚了，有什麼規矩，明天再給你講，去吧，把頭睡去。牆上有監規和作息時間表，有空看看，三天之內，監規得給我倒背如流。」

「是，謝謝大哥！」張勝沒想到這麼容易就過關了，緊張的情緒放鬆下來，暗暗鬆了口氣。

過了一段時間之後他才知道，這個看守所去年「過堂」時死過人，所以管教嚴厲吩咐那些頭鋪們不能太過火。所以他很幸運，真正的「過堂」這兒已經取消了。

不過新來的犯人想要整治照樣有的是辦法，不一頓打你個半死，軟刀子割肉也能讓你整天生不如死。同時，也不是所有的號房新丁一到就大加整治的，有點心計的頭鋪會等，至少等到第二天，因為他需要弄清楚新丁的背景。

一般背負殺人命案的嫌疑犯是不打的；道上有號的大人物，那也是不打的；被管教關照過的，不打；還有一種打不打在兩可之間，那就是有錢人，只要你識相，好煙好菜的供著，不叫人討厭，那頭鋪就會照顧你。

這時已經很晚了，但是燈是徹夜長明的，只不過夜間的燈光線嚴重不足，還不致影響了睡眠。

張勝走到大通鋪最外面，這裏是一道矮牆，一走到牆邊，一股淡淡的尿臊味就飄了過來，矮牆裏面，便是方便的蹲坑。

張勝不由得皺了皺眉頭，旁邊一個滿臉鬍渣的男人給他挪出點地方，張勝便輕輕地爬了上去。

土炕，但是很乾淨，只是下面只墊著些紙殼，躺上一會兒就潮冷徹骨。張勝剛才蹲在地上時，注意到地面也特別乾淨，手按在那兒一點灰塵也沒有，看來每天打掃得非常勤快。

打掃號房就是他旁邊那個鬍子的工作，從明天起，這工作大部分就歸他了，所以這些人裏，對他的到來最表歡迎的就是方才給他挪地方的人。

「秦家誠。」那人伸出了手。

「秦哥。」

秦家誠笑了：「不敢，這裏能稱大哥的不論歲數。頭回進來吧，不用怕，熟了就好。」

秦家誠比他早到沒幾天，剛轉過來的。他是外地人，犯人裏邊外地人比本地的受欺負，方才又聽說張勝是大老闆，知道不出意外的話，用不了幾天這人就得晉位超到自己前面去，所以熱情中有些曲意接納的意味在裏面。

秦家誠是農民，早在一九八八年就因為盜竊拖拉機被法院判了三年，後來因為越獄又被加刑一年，一放出來繼續作案，盜竊一輛貨車連夜開到另一個城市只兩萬塊錢就給賣了，然後被抓，再判刑；出獄後繼續偷，因連續犯案，且金額越來越大，這次被判了無期。他不服，此時正在上訴期。

「不許說話！」一個員警手中的警棍在鐵柵欄上一敲，兇狠地瞪了他們一眼，然後走過去了。

兩個人的聲音放小下來，張勝看看員警走了，低聲說：「秦哥，這兒的獄警打人嗎？」

「打，當然打，不打何以服眾啊？嘿嘿，進來的哥們都是三山五嶽的好漢，他不狠，降不住。不過到了監獄那邊不打……」

「哦！」

「那邊是拿電棍捅，一捅一哆嗦，尿都憋不住。」

「……」

「說說，到底怎麼進來的，能判幾年？」

張勝搖搖頭，盯著對面牆上，牆上貼著監規和生活日程表，只是光線暗，只有標題可以看得清晰。

「咳。」耳邊遠遠地傳來頭鋪甄哥的一聲咳嗽，秦家誠拍拍張勝的肩膀，示意他趕緊睡了，自己一翻身倒下，片刻便無聲無息了。

張勝怎麼可能睡得著？他想家裏，想父母，想公司，想著案子會怎麼審，在看守所能待多長時間，問題是他現在什麼也不知道，沒有任何可供思考的資料。也不知過了多久，他才朦朦朧朧有了睡意。炕上越來越陰冷，不過他真的是累了。

蜷著身子，兩隻眼剛剛合上，旁邊突然有人蹭地一下坐起來，鏗鏘有力地大聲說道：「到！政府好，報告政府，我叫劉巍，今年三十二歲，因涉嫌強姦犯罪，於一九九七年八月十四日被黃山路派出所依法刑事拘留，現案件已到預審，報告完畢，請政府指示！」

「去你媽的，又抽瘋了你！」睡在他上首的老犯人劈頭蓋臉就是兩個大嘴巴，低吼道：「再吵醒老子，要你好看！」

那個睡魔症的犯人被兩個嘴巴打醒了，連聲道歉。

「唉！」張勝在心裏輕輕歎了口氣：「我身邊躺著的，都是些什麼人渣啊！什麼時候我才能出去？什麼時候？」

張勝心裏一番淒苦，翻來覆去，折騰了半宿，剛迷迷糊糊閉上眼睛。

「叮……」一陣暴躁的電鈴劃破空氣，六點鐘，起床鈴響了，有人敲牆招呼大家起來，是頭鋪甄哥。

「起來啦，起來啦！都起來！」

身旁一個個面容憔悴，毫無血色的面孔陸陸續續醒來，仍然打著呵欠，看得出，他們是多麼不願意從夢裏醒來啊。

張勝睜開眼的瞬間，有片刻的失神，片刻之後，才真正醒過來，意識到自己是在看守所了，是一名在押犯罪嫌疑人了。

大家混亂地動作著，忙著穿衣疊被，甄哥卻只是擁被而坐，沉著一張臉。張勝和老秦資歷最淺，負責給頭鋪二鋪打洗臉水，兩人一人拎個洗臉盆走出監室，張勝這才頭一次看清院子裏的情形。

六點鐘，天上還有幾顆星在閃著模糊的光。涼入心脾的寒風吹透他單薄的衣服，肌肉有些瑟瑟發抖。南牆正中的上頭，亮著一盞昏黃的燈。院子西面盡頭是一個水龍頭，每個監舍裏都有一兩個犯人在那兒排隊打水，想必都是新來不久的犯人。

張勝是新兵，頭髮還沒剃，便有許多人向他這裏看，還有人高聲喝問著張勝犯了啥事，大家說話總要帶上兩句髒話，彼此嘻嘻哈哈全無張勝那樣的苦瓜臉。

還好，這個時候是不會有人為難他的，和老秦回到監舍時，甄哥已經在檢查疊被情況了。

「見棱見角啊，得疊成豆腐塊兒！」邊說著邊用腳踢翻了兩個人的被子。

走到張勝的被子前時，張勝沒來由的有點緊張，甄哥回頭看了張勝一眼，只從嘴縫裏冒出兩個字：「重疊！」

等頭鋪甄哥洗完臉，然後才是輪流上廁所，上廁所有時間限制，不管上大號上小號就是一分鐘，聽得張勝眉毛直跳，要在這裏生活，別的不說，光是這件事也得經過一番訓練才能適應得了。

上過大號之後，天氣漸漸明朗起來，曙光透過窗口的鐵柵欄鑽進監舍，牢房裏逐漸明亮起來。這時，那個偷車慣犯老秦從暖氣片後面伸出兩塊破抹布，在洗過臉的水裏投了投，然後擰乾，示意張勝蹲下，和他一起擦地。

張勝注意到，他擦得非常仔細，哪怕那裏一點灰塵沒有，也要非常認真用力的擦。見張勝看他，老秦笑笑，低聲對他說：「認真點，目的不在於乾不乾淨，而在於練新人，讓你服水土。有一寸地方沒擦到，拳腳伺候。」

張勝看看足以參加全國衛生模範房間的地面，也老老實實地在本來就乾乾淨淨的地面上徒勞地蹭了起來。

然後便是個人衛生，張勝在小賣部買了一個塑膠缸子，一支牙刷和一管牙管。牙刷兩元，一小管牙膏四元，貴得離譜。結果一刷牙，滿嘴毛渣子，全是假冒偽劣產品，如今境況如此，張勝只得湊合了。

吃飯的時候，張勝領到了一個鋁盆，一個塑膠飯勺。聽老秦說，兩年前這個看守所還是用筷子的，不過後來有人用筷子戳喉自殺了，便一律改成了塑膠勺。

「不過……」他詭秘地說，「其實人要想死，怎麼攔也攔不住，塑膠勺磨尖了，一樣是殺人、自殺的利器。」

張勝聽了，想起麥曉齊之死，心中掠過一絲寒意。

輪到這個號房打飯時，大家都從大通鋪下邊的炕洞裏拿出飯盆，依次走了出去，張勝見了忙跟上去。一個長髮飄飄的男人穿著件黑色的白大褂，手裏拿著只塑膠瓢，威風八面地站在那兒，腳邊兩個鐵皮桶，一個桶裏是玉米麵糊，一個桶裏是窩窩頭。

拿了飯回來，大家或站或坐或蹲地開始吃飯了，屋子裏一片「唏哩嘩啦」的聲音沒人說話。

粥很少，窩頭很小，粗糧，張勝小時候是窮孩子，倒能吃得慣，三下五除二便消滅了自己那一小碗清粥和兩個窩頭。這時他才注意到別人喝粥都是轉著圈一小口一小口地抿，就像在品瓊漿玉液，而那窩頭，他們是用指甲一粒一粒地掐著往嘴裏送的……

「著啥急呢，」半夜喊報告的強姦犯劉巍訕笑他：「進了這裏，啥也沒有，就是有時間。」

「啪！」後腦勺挨了頭鋪甄哥一巴掌：「吃你媽的！」

劉巍敢怒而不敢言地低頭繼續喝粥，強姦犯名聲不好聽，他在這裏面被收拾的次數最多，雖說現在資歷還算老，不過照樣不吃香。

老秦蹲在張勝旁邊，左右看看，悄聲問道：「昨晚剛進來，家裏肯定沒得消息，不過今天該來看你了吧？」

張勝一喜，忙問道：「這裏可以見客？」

老秦嘿地一笑：

「你沒定案呢，怎麼見？除非你是文先……，呵呵，我的意思是說，今天家裏人肯定要給你送些吃用之物，記著，到時孝敬孝敬老大，老大一高興，新兵的罪你能少受九成。」

張勝恍然大悟，有錢能使鬼推磨，何況是犯人？外面是個大社會，這裏是個小社會，這個社會比外面的社會更現實。

第五章

罪犯與恩人

秦若男收回按在老姜肩上的手，困惑地看著張勝。
他穿著帶號碼的灰色囚服，剃著光頭，戴著手銬，
臉上的表情無奈中透著茫然，還有一絲強自壓抑的緊張。
是他嗎？會是他嗎？眼前這個光頭是匯金公司老總，
一個犯了行賄罪和抽逃出資罪的奸商，那個人則是見義勇為，
挽救了自己一生幸福和命運的陌生路人，
兩個身影在秦若男心中真的是很難重合起來。
可是如此酷肖的模樣，尤其是眉眼細微處的特徵，
怎能有兩個人如此神似？

早餐之後是學習時間，基本上就是大家坐在那兒扯淡。都是天天見的那麼幾個人，他們之間已經沒有什麼話好說了，所以平時只是無精打采地在那兒坐著，直到讓他們開工勞動。今天有新丁到了，是他們很高興的事。

每來一個新人，就會有一個新的故事，這些寂寞的犯人喜歡聽新人講述自己的經歷，那時，是他們最用心的時候。張勝本想趁空把監規、犯人行為規範一類的東西都背下來，因為這些是需要一周內背熟的，可是大家都要求他講講自己的事，他初來乍到，這個號房的人對他相對來說又比較友善，便對大家講了起來。

他講他的被裁員，講他做小生意失敗，講他遇到暗戀的女孩，一開始只是淺談而止，但是說著說著，他已浸入自己的回憶當中，那故事便也說得感人起來。張勝親眼看到，有的老犯人不知因為哪句話引起了共鳴，眼睛裏居然溢出了淚水。

頭鋪甄哥抿著嘴唇聽著，聽到他說徐海生見死不救、逃之夭夭的時候罵了一句：「這個狗日的！」

這些犯人雖說粗魯，卻重視江湖義氣，最恨的就是兄弟背叛。頭鋪甄哥聽他說著自己的經歷，越聽越是生氣，他使勁一踹前邊那人的屁股，說：「搓個火兒。」

那人蹭地一下躥到地上，從他的那個炕洞裏一通翻，取出個紙疊的小盒子，裏面有點煙灰。他又從打在被垛中的褥子一角拽出一點棉花，撕成薄薄的一片，把少許煙灰倒在上面，然後把這一小片棉花細細地撚成小紡錘形。煙灰被搓實後，他右手抓緊鞋，左手按在右手上，雙手用鞋底按住小棉花棒用力迅速前後搓動，搓不了幾下，雙手用力往外一推，鬆開手，取出棉棒，抖一抖，吹一吹，棉棒中間就冒出一股黑煙：著了！

張勝看得目瞪口呆，與此同時，甄哥從自己的炕洞下摸出個煙頭來，寶貝疙瘩似的嗅了嗅，然後又從褥子下找出一塊報紙，撕下二三公分寬，六七公分長的一條，拆開煙頭，把煙絲仔細揉到報紙條上，搓啊搓，幾下就搓成了根一頭細一頭粗的「捲煙」，其做工之精緻，技術之熟練，當真是聞所未聞，見所未見。

煙也卷好了，火也搓著了，頭鋪盤腿坐在自己鋪上，煙灰盒就放在跟前，以便攢住煙灰供下次搓火時用。他瞇著眼抽著那支「捲煙」，其他人都極度渴望地盯著那繚繞的煙霧，細細的一根「捲煙」被他抽了一半。

頭鋪意猶未盡地咂咂嘴，說：「哥們兒，你這事兒，姓徐的那孫子要是不扔下兄弟，沒準兒就趟過去了，要快意恩仇，懂嗎？你這案子沒啥大不了，又不是死罪，人活著就行，活著就有希望。來，抽一口。」

老秦忙推了他一把，替他說道：「謝謝老大，謝謝老大。」然後趕緊把煙接了過來。張勝接過來只吸了一口，看到四周眼巴巴的目光，便把煙遞給了下一個人。

「有點眼力，不用人教，挺懂規矩！」頭鋪老甄滿意地笑笑。

煙頭傳到最後一人，已經剩下不到一釐米了，手指燙得捏不住，一個人從笤帚上拽下一根細杆，一折為二，夾著小煙頭仍舊猛抽，直到這根煙全部成灰。

號房裏的老二方奎說道：「不過，還是得上下打點才行，不然就不好辦，如果再有人特意想整你，要出去也不是那麼容易。這進來吧，沒怎麼的呢先整個刑拘，然後檢察院才批捕，不夠捕的要不放了，要不撤捕勞教。」

「話說回來，這勞教還不如判刑呢，勞教苦啊，把人當牲口使，累出屎來都不饒你，寧捕不勞，進來過的都知道。就說你吧，人先拘進來了，然後才批逮捕證，然後就等起訴，開庭，一次不行兩次，判完了，不服氣還得上訴，折騰去吧，不把人折磨神經了不甘休啊。」

老奎的罪說大不大，說小不小，說小是因為犯罪金額很小，才三百塊，說大……他是公開搶劫。

甄哥便笑道：「你小子深有感觸啊，得，慢慢在這消受吧。」

老奎靠了一聲，老三彪子嘿嘿笑道：「二哥活該倒楣，我盜竊六萬多，罪名還沒你重呢，哈哈。知足常樂吧，這要是八三年嚴打，咱們這個號裏全是蹦槍子兒的命。」

甄哥唏噓道：「是啊，那年頭，狠啊。我一個哥兒們，和女的開玩笑，把她胸罩扯下來了，旁的啥也沒幹，流氓罪，崩了！」

老奎說：「還不都那樣，有個兄弟偷輛自行車，五花大綁的就給斃了，另一個只是殺價沒殺明白，氣極了抱起人家的那西瓜就走，得，也崩了。」

彪子瞇著眼，彷彿還在回味香煙的味道，舔著嘴唇說：「不過話說回來，當老大就得有這派頭。人不狠，立不穩，那幾年國家上下多亂啊，不是誇大其辭，那亂像，看著真讓人覺得馬上就要改朝換代似的，一通嚴打結果如何？那治安好的，路不拾遺夜不閉戶，餘威整整起了十年作用，狠人就得狠人治。」

張勝打坐似的盤腿坐著，一邊聽他們說，一邊看著牆上貼著的《看守所在押人員行為管理規範》，有一句沒一句的背著。

「開工了，開工了。」早上負責看牢室門的自由犯又挨個叫起來，頭鋪甄哥對老秦和張勝說：「你們倆去取。」

老秦連忙答應一聲，張勝悄悄問他：「幹什麼活兒？」

老秦說：「什麼活兒都幹，撿豬毛、撿豆子、紮紙玫瑰、印卷紙、做彩燈、做二級管、磁環什麼的。」

他嘿嘿地笑道：「跟你說，做皮帶扣兒我最拿手，畫好圖樣，要什麼形的我就能給你車出什麼形的來，精緻著呢，可惜……這兒的看守所沒有車床。今天應該還是撿豬毛……」

兩個人走到院子裏，只見其他號房也有人走出來，在管教指揮下，各自拖了一個大麻袋回去。進了號房往地上一倒，一股惡臭撲面而來，地上小山一般一堆豬毛。

頭鋪甄哥說道：「開始幹活兒。老秦，教教張勝。」

大家都圍攏來，只有頭鋪甄哥、二鋪方奎、三鋪老彪沒挪地方，他們的活兒照例是由其他人分攤的。

老秦說：「這活兒簡單，沒啥技術含量，就是把這白豬毛和這黑豬毛分開，一個人一天五斤定量……」

大傢伙兒坐在地上，開始分起豬毛來。張勝入鄉隨俗，也跟著往地上一坐，三鋪老彪背著手監督他們幹活兒，甄哥和方奎不知從哪兒摸出一副撲克鬥起雞來。

忽然，鐵門「噹」地一響，傳出開鎖的聲音，大家為之一震，恍若驚弓之鳥，甄哥和方奎一掀褥子，遮住撲克，「蹭」地一下跳到地上，抓起一把豬毛相起面來。

門一開，甄哥刷地一個立正，比當了三年戰士的老兵還要標準，標槍似的站著，發出一聲簡短而有力的命令：「立——正！」

大家如奉綸音，急急跳起，貼牆站了一溜兒，挺胸腆肚精神抖擻。只有張勝剛來，還沒進入狀態，實在做不出那副孫子樣，所以站姿稍顯鬆弛。

管教進來了，隨手帶上門，誰也沒看，仰著臉往裏走，甄哥便屁顛屁顛地跟上去。老秦肩膀稍稍一歪，湊近張勝耳朵低聲說：「這是牛管。」

「哪個叫張勝？」管教說話了。

老秦推了張勝一把，張勝反應很快，立即一挺身，中氣十足地道：「報告，我是張勝。」

張勝疾步上前，心裏稍顯忐忑。牛管穿著制服，沒戴帽子，國字臉，骨骼粗大，人並不胖。

「進來沒人欺負你吧？」

「謝謝管教關心，沒有！」

「嗯，安全員，回頭把他的頭剃了。」

「是！」甄哥啪地一個立正。

「好了，一〇七〇張勝，現在跟我出去一趟！」

張勝一呆之後才反應過來，忙道：「是！」

跟著管教出了號房，拐了幾個彎，正看到那個單間牢房。門開著，陽光直射進去，裏邊一個身著休閒裝的中年男子坐在桌前，一台手提電腦閃著遊戲畫面，不過那中年人並沒玩，此時正握著一卷書，一邊喝茶一邊在看。

張勝大吃一驚，眼睛都直了，這樣的畫面出現在看守所裏，真是叫人匪夷所思。

「看什麼看，快走！」牛管教吼道。

那中年人聞聲抬起頭來，張勝一眼望去，只覺得是個十分斯文儒雅的男子，除了那雙沉穩有神的眼睛，竟然沒有注意他的相貌。

「呵呵，原來是你呀，昨天高歌入囚的那位兄弟。凡所有相，皆是虛妄。若見諸相非相，即見如來。這一夜的工夫，可有體悟了？」那中年人笑吟吟地問。

這人是誰？

張勝實在摸不透這個人的來路，眼前所見，處處透著詭異，他只是直覺地感到，這個人絕不是一個故弄玄虛的神棍。他舉手投足之間自有一種威儀，他坐在牢裏，卻像坐在高高的王座上睥睨他的臣子，那是自己無論如何都學不來的。

張勝看了牛管一眼，牛管朝天的鼻孔已經低了下來，臉上帶著笑看著單間牢房裏的中年人，客氣地叫了聲：「文先生。」

張勝心裏一動，苦笑道：「昨日只是驟逢大變，深有感觸，隨口念了句佛偈，真要想了悟，談何容易。」

中年人沉吟一下，展顏笑道：「嗯，的確如此，人生有八苦：生，老，病，死，愛別離，怨長久，求不得，放不下。漫說是你，便是我，又何嘗勘破？」

「文先生說的是……」張勝也恭敬地叫了一聲。管教都得恭敬有加的犯人，傻瓜才不懂得巴結。

姓文的犯人一笑，說：「我們都是獄友，不必這麼客氣。托個大，叫我一聲文哥就行了。這是去哪裏？」

牛管教連忙說：「文先生，我帶他去受審。」

「哦，那麼不耽誤你們了。」

「是是，那我們走了。」牛管教推了張勝一把。

「坐亦禪，行亦禪，一花一世界，一葉一如來。春來花自青，秋至葉飄零，無窮般若心自在，語默動靜體自然……」

文先生握卷念了起來，居然是一卷佛經。在張勝的認識裏，根本無法理解牢房裏居然會有這樣的犯人，他昨天進來時因為心情激蕩，吟出幾句金剛經，那還是一年前陪小璐去慈恩寺玩，正好聽到住持和尚講經，講到這一句時，只覺寓意深刻、說不出的玄妙，便記下了。而昨天心境無比相似，才隨口吟出，哪裏做得到頓悟成佛？

他迷迷瞪瞪地被牛管教押出去，出了大閘，也就是安檢口，一直到了昨天登記的那間辦公室。

門開了，一個矮矮胖胖的管教正在那兒等著他，笑眯眯的，正是昨天給他登記的那個人。

「這是劉管教，進去！」

張勝走進去，房門關了。劉管教笑笑，說：「你家來過人了。」

張勝大喜，忙問：「劉管教，是哪個來了？」

劉管教斜看了他一眼，臉上有種難以掩飾的羨慕：「叫鍾情，是你老婆吧？長得還真俊。」

張勝這才想起昨夜留的是她的電話，如果出去得晚，或者真要判刑，那是肯定瞞不住家裏人的，不過父母也好，弟弟也好，都是老實的工人，就像兩年前的自己，遇了事只會發慌，根本不知道該怎麼辦，他相信該怎麼做，鍾情一定能妥善處理的。

張勝剛剛進到這裏，最渴望的就是外面的消息，他激動地問：「管教，她說什麼沒有？」

劉管教瞟了他一眼：「你是待審的犯人，我能給你們傳話嗎？這可是犯錯誤啊。」

「是是是。」張勝連忙答應，企盼地看著他。

劉管教捂著嘴咳了一聲，說：「嗯，你妻子說，叫你別著急，家裏和公司的事，她會妥善照顧。我能說的就這麼多了，哦！對了，這是給你的。」

劉管教掏出厚厚一摞代金券，又摸出兩包三五香煙塞到他手裏。

張勝忙道：「啊，昨天你還幫我墊了五十元呢，得找給你。」

劉管教笑吟吟地道：「不用了，自己的嘴看嚴點，這煙放風的時候可以抽，在號房裏就得注意點，行了，這就回去吧。」

「好……，呃，對了，管教，這些代金券，我能請您代為寄存一下嗎？我帶上一點就夠了。」

「行，呵呵，當然沒問題。」劉管教笑嘻嘻地把一把代金券又收了回去，放進抽屜裏。

張勝笑笑：「謝謝管教，那我回去了。」

等張勝再三道謝出去，劉管教摸摸裏邊厚厚一疊的褲兜，然後從辦公桌底下提出一個布口袋，從裏邊抽出兩條香煙放在桌上，走到牆邊打開公文櫃把剩下的都塞進去，然後挾著兩條香煙向牛管的辦公室走去。

張勝一回來，同牢的犯人便搶著發問：「是提審還是訓話？給你煙抽了嗎？」

「沒有。」

一個犯人狠狠一拍大腿：「笨啊你，怎麼不跟他們要一根呢？」

「審訊室、辦公室，地上一個煙頭都沒有？你真的仔細看過了嗎？」

當張勝一一否定之後，犯人們失望地搖著頭走開了，紛紛坐在那兒繼續撿豬毛。只有甄老大盤腿坐在炕上，像個老和尚似的還在自矜身分。

張勝微微一笑，湊到甄哥面前：「老大，剛才……其實是我家裏人來看我了，捎了點東西。」

他從口袋裏摸出幾張紙片，那是代金券，他拿了兩百元的代金券塞到甄哥手裏，說：「小弟沒進過號子，不過聽說過這裏邊的規矩，新丁受氣呀。可我自打一進來，老大對我就挺照顧的，沒讓我吃啥苦。不瞞你說，公司查封了，家裏能給我的不多，這次給我存了五百塊，這兩百是我孝敬您的。」

甄老大笑了，這年頭，號裏的兄弟有幾個手頭寬裕的，每個月家裏肯給存個五十、八十的就很不錯了，而這點錢能幹什麼？裏邊買點東西比外面至少貴兩倍呢。兩百塊錢的代金券，不錯！

張勝手一翻，兩包「三五」也亮了出來，這一下其餘八個犯人的目光刷地一下全被吸引了過來。

張勝笑笑，說：「只有兩包，老大一包，我留兩根，剩下的……呵呵，老大分吧。」同牢犯人們只在今早抽了一根煙屁股，一聽張勝的話，全都喜不自勝。

甄哥心中十分滿意，張勝這一手做得漂亮，如果他問都不問自己就散煙給大家，那就有收買人心之嫌。

牢裏頭不能沒有拳頭，但是最終說了算的卻不是拳頭，物質利益永遠是最終的制勝法寶。如果張勝控制了大家的口腹之欲，那麼他甄哥的權威就要受到威脅，如果是那樣，他必須得現在就把危險扼殺在萌芽狀態。

甄哥把煙揣起來，瞟了眼巴巴瞅著他的牢伴們一眼，哼道：「看什麼看？幹完活再說。」

說完，他對張勝笑嘻嘻地說：「老弟是新丁，手法不熟練，去撿個半斤八兩意思意思就得了。你的份額，讓兄弟們擔著，大傢伙兒沒意見吧？」

「沒意見！」同牢犯人異口同聲。

張勝也笑了，那微笑的眼睛裏閃過一抹精亮的光。

留得青山在，不怕沒柴燒，現在對張勝來說，生存是最重要的，只要活著，就有機會。他不但要活下去，還要爭取活得好，儘量把周圍的環境創造得對他有利，所以不得不動心機。

打昨天第一次見到那個劉管教，他就看出這人貪得無厭，今天鍾情來看他，給他帶來的當然不會只是這麼點東西，那個劉管還不知截留了多少，不過那是沒有辦法的事，而且是他巴不得的事。你有弱點，那就好辦。

他主動把代金券留在劉管教那兒時，就打定主意創造接觸機會，拉攏他為己所用了。

他的目的是離開這兒，那麼他就必須及時迅速地瞭解他被關押後發生在外面的一切，把外面的資訊傳遞進來，把他想要表達的東西傳遞出去，這個劉管教無異是個可以利用的傳聲筒。

代金券留在他那兒，就有了多與他接觸的藉口，至於他會不會從中貪墨，小事一樁。這牢裏的人個個都像一頭狼，真要是餵，餵多少也餵不飽他們，不能把他們的胃口慣大了，張勝並不想在牢裏稱雄，所以只要給他們點甜頭，改善一下自己的生存環境就夠了，用不著大肆收買，玩什麼「監獄風雲」。

他重又坐回地上，這回，同牢的犯人們對他都多了幾分親熱，金主總是受歡迎的。

「剛才提審的時候，我看到有個單間，裏邊有位姓文的先生，好像大家對他都比較客氣啊。」張勝試探著問。

「你說文哥？嘿！何止是客氣，他們恨不得把文哥當親爹供起來。」搶著說話的是三鋪彪子。

「哦？這麼厲害？」張勝故作吃驚，趁機問道：「文哥……什麼來路啊，居然這麼了得。」

大家一齊搖頭，彪哥說：「文哥……怎麼說呢，就像是石頭裏蹦出來的孫猴子，來歷一概不明，咱蹲看守所是受罪來了，人家蹲看守所是修身養性來了。」

頭鋪甄哥詭秘地說：「文哥的來歷，還真沒人曉得，聽說他在這兒關了至少有三年了，誰也不知道他的來歷。不過文哥實在了不得，這裏的管教哪個胃口不大？不管多大的胃口，他都能供著，供到撐死你、吃不下。這裏的人全都領著兩份工資呢，其中一份就是……，嘿嘿，懂了吧。」

「三年？」張勝被「關了三年」這句話嚇住了，失聲道：「這裏是看守所，又不是監獄，要麼判了，要麼勞教，哪有在這一關三年的道理？」

「怎麼沒有？」方奎拿著一根「三五」在鼻子底下貪婪地嗅著，卻沒抽：「板凳爬上牆，燈草砸破鍋，怪事年年有，牢裏特別多。別看沒人知道他的身分，我估摸著，他的來頭小不了，聽說他剛住進來的時候，經常會被提審，提審的人都是上頭來的。」

他用手指指房頂，神色十分神秘。

「市局？」

方奎搖頭。

「省廳？」

「嘿嘿，倒是有他們的人陪著。」

張勝不敢問了。

甄哥吸了口氣，說：「不過後來就沒人再來提他了，估計是啥也問不出來，死心了。這一來，人就關在這兒了，既不審，也不判，一直就這麼耗著。」

劉巍舔舔嘴唇，興致勃勃地說：「這位爺……嘿！聽說想要女人的時候，就有人陪著出去逛一圈兒，完事再把他送回來。我要是有這待遇，我他媽寧可在這關一輩子。」

「沒出息的東西！就為你那倆卵子活著，你他媽也配披張人皮！」彪哥反手給他一巴掌。

他是老婆偷人，一怒之下出手傷人才給抓進來的，比普通犯人更恨姦邪之徒。他怒道：「到了這兒一天就吃倆窩頭，半點油星不見，還你媽的淫興勃勃，狗改不了吃屎，給我滾起來，開摩托。」

劉巍被他一罵，連滾帶爬地站起來，苦著臉雙腿下蹲，雙手做出扶著車把的姿勢。

彪哥踢了他一腳：「往裏點，讓大家看清楚，行了，打火！擰把給油！聲音，出效果，重來重來，大馬力的！」

劉巍嘴裏模擬著摩托車發動的聲音，雙腿一直曲著，雙手一直舉著，懸空騎著虛擬的摩托車，在屋裏「開」起了摩托車。

雖說強姦犯招人恨，可是眼看一個人被如此擺佈，張勝心裏很不是滋味。他不是同情這個敗類，而是觸景生情，想到如果不是自己有香煙和代金券，免不了也要受這樣的擺佈，也許……在這牢裏用不了多久，自己也會變成一個不知廉恥、沒有自尊和人格的小弟。

「報站名，開到哪兒了？」彪哥斜著眼問。

別看這種開摩托的把戲形同遊戲，可是如果大哥不喊停，你就得一直開，身子半曲著雙手平舉著開上兩個小時試試，活活累死你。

「報告彪哥，開到北京天安門了。」

「啪！」一個大嘴巴子煽到臉上，劉巍登時腫了半邊臉，嘴角沁出血來。

可他還得陪著笑臉，一邊開著車，一邊問：「彪哥，小弟錯在哪兒啦？您指教。」

「碰！」屁股上又狠狠地被踹了一腳：「天安門廣場你能開？你員警啊？」

「哎呀媽呀，我錯了，彪哥，彪哥開恩。」

強姦犯劉巍被打得抱著腦袋討饒。

「行了行了，等晚上悶的時候再操練他，先幹活去。」頭鋪說話了。

彪哥哼了一聲，對著劉巍牛眼一瞪：「看什麼，蹲下，撿豬毛！」

這就是牢裏。張勝冷眼看著，方才還能一塊說說笑笑的，要翻臉，馬上就能把你當野狗一般打。生活在這種環境裏，人與人之間的關係就像一群野獸。

方奎看看張勝，嘿嘿一笑，繼續聞著香煙：「看不慣吧？慢慢你就習慣了，人在這裏面，就會慢慢變得麻木起來，心也會越來越狠。在這裏，你用不著憐憫任何人，包括你自己。人一心軟，就有弱點，就容易被攻擊，當你倒楣的時候，你會發現你憐憫過、你放過的那些人正是看你笑話人，甚至是對你拳打腳踢的人。人不狠，立不穩！」

「謝奎哥指教！」張勝恭敬地說，給足了他面子。其實，此時他對方奎的話並不以為然，性情之所以有人性和獸性之分，就是因為人不是禽獸，他依舊堅信同情是一種美德。

下午，甄哥跟管教要了一把推子，讓老秦給張勝理髮。不需要什麼技術，反正是全部推掉，但是老秦偷車有一手，撬門壓鎖做車工有一手，就是不會理髮，時常夾得張勝頭皮生痛，他只能咬牙忍著。

頭髮灰溜溜地落在地上，同惡臭的豬毛混在一起，看著飄落的頭髮，張勝有種和過去的自己決裂開來的感覺。

佛說髮是三千煩惱絲，一絲勝一絲，要捨棄塵緣一心向佛，拋卻紅塵俗世的罪惡和牽絆，便削髮明志，以示放下。而張勝這時卻沒有一絲絲解脫的味道，相反，有種屈辱的感覺，刻骨的屈辱，從今起他就與那些以前被他認為是人渣的垃圾混為一團了，誰還能分什麼彼此？

放下？他放得下嗎？

他放不下嘔心瀝血創建的實業、放不下他的老父老母和兄弟，放不下遠走他鄉的秦若蘭，放不下……什麼都放不下。

責任、感情、信念、事業，像一張無形的網，剪不斷、理還亂，緊緊把他圍在當中，越是想掙扎，捆得便越緊……

有甄哥的照顧和張勝技巧性小恩小惠的收買，不出老秦所料，張勝在四號牢房的地位飛速躥升，一個星期後就成了這間號房的四號人物。

每天的早餐是窩頭稀粥，雖然最簡單，但是最乾淨。午飯是窩頭加一瓢菜湯，都是應季菜，什麼便宜吃什麼，現在是白菜。饅頭不大，估計有三兩左右；菜湯呈黑褐色，裏面的固體是三四小片白菜葉子，沒有油，鹹得要死。

晚飯是窩頭加馬鈴薯。中午飯的白菜是絕對沒人去洗的，馬鈴薯倒是洗過，一大堆馬鈴薯扔進水池擰開水龍頭象徵性地沖一下，然後皮也不削，攔腰就是一刀，所以經常能看到皮上帶著泥。

不過張勝所在的四號房還不錯，由於手裏有點錢，可以從小賣部買點吃的改善一下伙食。晚餐不想吃的時候有時也會要個盒飯。張勝不想過於招搖，所以只是偶爾改善，大多數時候吃的和其他人沒有什麼兩樣，睡冷炕吃窩頭，苦在身上，卻在磨煉他的意志。

生存環境的惡劣，正在把張勝由一隻與人無害的羊，慢慢變成一匹為了生存而掙扎的野狼。這匹狼對外界發生的一切一無所知，他只好靜靜地等候，像一頭狼那樣錘煉自己的耐性，靜靜地伺伏著，等待著機會。

一周後，光頭張勝終於等來了第一次真正的審訊……

「衣服利整點。」老秦給他整整衣領。

「表情，表情從容一些。」彪哥說。

「審問的時候，沉住氣，寧可不說話，不要說錯話！照理說二十四小時內就該審的，愣是壓了一周，有蹊蹺，你小心點。」討人嫌的強姦犯也說了句人話。

「去了注意點，如果見到一個左臉有疤的管教，儘量不要得罪他。他姓王，這裏的兄弟叫他板王。」方奎也說。

受審時的經驗，其實這些老犯們早就在言傳身授了，就算不是故意教他，平常閑極無聊，紛紛說起自己的「英雄事蹟」時，張勝也已大致聽說了。

此刻，獄友們就像送戰友上戰場似的，一副依依不捨的樣子，如果不知道他們的身分和他們彼此關係的人見了，一定會被這種「兄弟情」深深打動。孰不知，他們只是抱著一種同仇亂愾的感情，希望每一個被審的哥們兒給員警多製造點麻煩罷了。

最後，頭鋪甄哥壓低聲音做了總結性發言：「行了，走吧。老弟，記住一句話：坦白從寬，牢底坐穿，抗拒從嚴，回家過年。」

張勝笑笑，說：「我記住了，甄哥。」

張勝被帶出監區，來到管教幹部辦公樓，直接被帶上二樓，這裏一間間屋子都掛著審訊室的牌子。

門口停下，被戴上了腳銬。一切準備妥當，他被帶進審訊室。狹長的一間屋子，盡頭處放著一把椅子，剛剛坐在上面，手銬便和椅子銬在了一起。

光線較暗，張勝抬起頭，瞇著眼打量這間屋子，空蕩蕩的屋子，對面有張講台似的長桌，頭頂牆上是「坦白從寬、抗拒從嚴」八個大字，房頂有把黑乎乎的吊扇，審訊台長桌上還有一盞台燈。

「吧噠！」燈亮了，光線一晃，張勝什麼都看不到了，原來那台燈是用來照他的，他急忙舉起手來遮住眼睛，耳邊聽到一陣走動聲，審訊人員從對面的門走進來，坐到了審訊台的座位上。

張勝適應了一下，瞇著眼看，影影綽綽什麼都看不清，好像不止三個人。

「叫什麼名字？」

「張勝。」他依舊瞇著眼，努力想看清對面的人，奈何光線刺眼，還是什麼都看不清。

「哪裏人？」

「本市戶口。」

「身分證號是多少？」

「……平時沒啥用，記不住……」

「啪」地一拍桌子，一個警官喝道：「你老實點！」

「老實……可確實記不住……」

「你……」審訊者老姜惱了，他冷冷一笑，慢慢站了起來。

在審訊室裏員警當然不准打犯人，其實在哪兒都不准他們打犯人，理論上是如此……

旁邊一隻手忽然按到老姜的肩膀上，手掌纖秀，十指修長，肌膚十分細膩紅潤，那是一隻女孩子的手。老姜忍住了，坐下來繼續問：「家庭住址……」

秦若男收回按在老姜肩上的手，困惑地看著張勝。

他穿著帶號碼的灰色囚服，剃著光頭，戴著手銬，臉上的表情無奈中透著茫然，還有一絲強自壓抑的緊張。也許是因為剛入獄的緣故吧，他沒有別的犯人那種令人望而生厭的痞氣和戾氣，如果不是那套令人遜色的囚服，這個光頭男孩還挺英俊。

因為剃光了頭髮，雖說模樣顯得有點愣，卻也憑空好似年輕了兩歲，於是，那模樣看在秦若男的眼裏，便越看越像了。

是他嗎？會是他嗎？眼前這個光頭是匯金公司老總，一個犯了行賄罪和抽逃出資罪的奸商，那個人則是見義勇為，挽救了自己一生幸福和命運的陌生路人，眼前這個光頭，雖說初臨審訊，神情有點緊張，大體來說還算鎮定，一看就是有點閱歷，見過些世面的人，而那個人理個小平頭，衣著很普通，神色間還有點大男孩的純真與青澀，兩個身影在秦若男心中真的是很難重合起來。

可是如此酷肖的模樣，尤其是眉眼細微處的特徵，怎能有兩個人如此神似？

難道真是他？

秦若男記人，她從小記人的本事就特別出眾，這不是做了員警之後才鍛煉出來的本事，但是做了員警之後，這項特長得到了更好的鍛煉和強化。

東漢的應奉只在門縫裏見了人半張臉，十年後再見到都認得，秦若男沒有那本事，但是兩年前見過的那個出言提醒，使她免入陷阱、保全貞操的男人的模樣，她至少是記得清清楚楚的。

那時，她還在警校沒有畢業，因為面孔生，成績好，被刑警隊借來協辦大案，那晚逮捕了那個姓齊的大毒梟之後，她曾在酒店尋找過這個年輕人，想向他道一聲謝，可惜那時張勝已經離開了。

尚未步出警校校門的秦若男滿腔熱血，對未來充滿憧憬，她和妹妹是截然不同的性格。妹妹秦若蘭大大咧咧的，性烈如火，她卻是外剛內柔，多愁善感。受人恩惠，她記在了心裏，想不到再次見到他，她是負責專案的員警，而他卻是階下囚。

一個偶然聽到他人耳語，就冒險幫助別人的熱心人，怎麼會是一個利令智昏、違法亂紀的奸商呢？會不會認錯了人？

秦若男坐在那兒，一手按著記錄本，一手提著筆，那雙眼睛時時流轉在張勝的身上，心中充滿了懷疑和驚奇。

第六章

隔山打牛

張勝知道警方的訊問不會就此甘休，今天的審訊，

他已經品出了其中的味道，自己被捕的主要原因不是經濟犯罪，

而是有人想利用自己這個小卒子搞掉開發區主任牛滿倉。

聽說開發區設立之初市政府內部就矛盾重重，

那這個問題就不僅僅是搞垮一個牛滿倉那麼簡單了，

兵戈所向，自然是他背後的人，甚至是背後之背後。

這招「隔山打牛」，

使得什麼時候自己這個小人物居然也成了權柄之爭的導火線了？

「我是市公安局經偵大隊的姜威警官，現在向你詢問，你必須如實回答我向你提出的問題，聽清楚了沒有？」

「聽清楚了。」這時，張勝緊張的情緒已經漸漸穩定下來，他集中了全部精力，準備接受提問。被捕這麼久，事實上他還沒有搞清楚對方的主要目的。

姜威咳了一聲，說：「我們已經掌握了你的全部犯罪事實，現在就看你的態度了，如果你能主動坦白，就能爭取政府寬大處理，要是抗拒到底的話，後果……你應該清楚。」

張勝沉住了氣，說：「請姜警官訊問。」

「寶元匯金公司的成立，曾經得到開發區管委會牛滿倉主任的大力支持和幫助，是這樣吧？」

這句話沒有問題，張勝剛想回答，心裏突然打了一個突：他們給我安的罪名是行賄和抽逃出資，突然提起牛主任在我開業的時候非常照顧是什麼意思？

張勝沉吟了一下，慢慢搖了搖頭：「談不上，我和牛主任沒什麼深交。事實上，公司成立的時候，我基本上是不跑管委會的，而是由下面的工作人員去做。」

姜威冷笑一聲，說：「你的公司成立的時候，牛滿倉曾親自到會祝賀並講話，還發動了開發區許多管理機關的幹部去捧場，這事實你不能否認吧？」

張勝心念轉動，臉上露出一副好笑的表情：

「這有什麼奇怪的嗎？我的公司響應政府號召，響應招商引資政策，是最早在開發區成立的公司；牛主任是開發區管委會主任，肩負著管理和振興橋西開發區的責任，難道他希望自己地面上成立的第一家企業冷冷清清？如果不來，才不合情理吧？」

姜威「啪」地一拍桌子，喝道：「張勝，你不要狡辯了，我們是掌握了證據的。你不要不見棺材不落淚！」

「警官，我說的都是事實！」

「我們有證據，有證人，證明你在開業之前曾給牛滿倉送過禮，你還要狡辯嗎？」

張勝的眼睛瞇了起來，腦子裏緊張地思索著。禮是送過的，當時請柬發了一大圈，隨請柬帶過去的都有禮物，不過開業邀請是用不著大禮的，那種禮節性的禮物不可能煞有其事地算到行賄罪上。

他記得清清楚楚，由於找了張二蛋這個大靠山，所以在開發區辦手續一路綠燈，賈古文那個敗類是開發區副主任，都沒法給自己下絆子，所以絕對沒給人送過重禮。真要說有罪，那就是徐海生經手的假注資，為什麼剛一開審，警方就咬著行賄不放？是投石問路的開胃菜，故意迂迴一下，還是……他們看重的就是這個行賄罪？

「這個……」張勝緊緊皺著眉，做苦苦思索狀，半晌，還是搖了搖頭：「時間過去太久了，實在是想不起來了，姜警官能提醒一下嗎？」

右邊的小李年輕氣盛，又沒有審訊經驗，被張勝裝傻充愣的樣子氣壞了，他搶著說道：「你們公司原副總叫楚文樓是吧？你打聽到管委會主任牛滿倉嗜茶，於是授意楚文樓向牛滿倉贈送了一匣好茶，有沒有這種事？」

張勝一聽啞然失笑，他提心吊膽了半天，對方鄭重其事的不過是一盒茶葉，這算什麼罪，承認了又有什麼關係？

秦若男提著筆，眼睛眨也不眨地盯著神態突然放鬆下來的張勝。根據楚文樓的說法，張勝買了十克武夷山茶王「大紅袍」，用一隻馬來西亞產銀罐盛著，外邊是一套紅木茶道用具，送給了牛滿倉，這件禮物價值十二萬元。

大紅袍是生長在武夷山九龍窠岩壁上的四棵茶樹的專有名。其茶葉歷代均為貢品，產量極少，最高年份也只有七兩八錢，據說七二年尼克森訪華時，主席曾送給他四兩「大紅袍」，尼克森私下抱怨主席小氣。總理聽說後笑著對他說：「主席已經將『半壁江山』奉送了！」並曉之以典故。尼克森聽後肅然起敬。

去年香港回歸時，中央亦曾以四兩「大紅袍」贈給香港特首，特首深知中央之美意，亦誠惶誠恐。這樣的好茶如果是張勝高價購來送給牛滿倉，那自然不是留著自己喝的，完全就是隱蔽的賄賂，隨時能夠變現的。

如果張勝承認此事屬實，那麼牛滿倉收受賄賂，協助他虛假注資、抽逃出資的罪名就落實了。案子一旦定性，就打開了一個缺口，隨之而來的就是對開發區建設的反攻倒算，進而打擊的人就是……

「呵呵，真的記不太清了，當時邀請的客人都贈送了小禮物，最貴的價錢也不超過一千塊，這些……公司裏都有賬目可查的，警官想瞭解詳細情形，可以去我公司調查。」

秦若男忽然如釋重負地鬆了口氣。

「你不要裝蒜了，張勝，我提醒你，負隅頑抗，會受到更嚴厲的制裁。據我們掌握的資料，你所購的茶葉可不是價格普通的茶葉，那是福建茶王『大紅袍』。『大紅袍』四株母樹年產茶僅一公斤，自古就是貢品，一克萬金，你倒說得如此輕描淡寫？」

張勝心中忽然了悟，對方的重點果然在行賄罪上，醉翁之意不在酒，抽逃出資只是稍帶著的，這背後的目的可就不是自己想像得那麼簡單了。一念及此，他立即警覺起來，哪裏還敢承認？

張勝立即搖頭否認：「警官，絕無此事。你既然調查得這麼清楚，那麼你應該更清楚楚文樓和我之間的恩怨，他是被我開除的人，他說的話能信嗎？這是打擊報復，我是一個商人，不介意這樣的污蔑，可人家牛主任不同，我和他雖說來往不多，可誰都知道牛主任是個廉潔正直的官員，你們是人民警察，應該保護這樣的好官。」

「張勝，你清楚拒不交代的後果嗎？你否認這個犯罪事實？」

「警官，我不是否認，而是不能承認沒有做過的事，且不說我沒有做過這樣的事，就是那些普通的小禮物，也不是我經手的。開業時那麼忙，我哪顧得上這些事？如果你們認為我有罪，請拿出確鑿的證據來！」

審訊室的鬥智鬥勇並不比商場上的爾虞我詐更複雜，只要膽氣足，不慌張失措，張勝完全應付得來。況且他又受到過老犯的指點，一旦定下神來，便開始化被動為主動。

小李一拍桌子，怒道：「張勝，你……」

老姜忽然攔住他，笑吟吟地道：「好，你不承認是吧？沒問題，我們會認真取證調查，用真憑實據讓你說話。我再問你第二個問題，關於抽逃出資的事情。」

他打開文件夾，拿出一堆銀行帳單、企業賬簿以及開戶註冊時的檔案資料放在桌上，說：

「張勝，你開辦匯金寶元公司時，用拆借來的資金冒充驗資資金，未實際轉移財產權，虛假出資，在經過資產評估機構、驗資機構評估、驗資並出具評估、驗資證明文件以後，隨即將所出資抽逃，然後騙得公司成立，這一點你承認嗎？」

張勝沉默不語。

老姜得意地一笑，說：「而這筆錢，你還打著外資的幌子，從而騙取了納稅優惠。兩年來，偷漏了多少稅款？虛假出資罪、抽逃出資罪、詐騙罪、偷稅罪，數罪並罰，你以為只判個三年五年嗎？」

他的聲音陡地嚴厲起來，狠狠一拍桌子，厲聲喝道：「你還不老實交代？」

審訊犯人，這是慣用的伎倆，把罪名說得其重無比，沒有經驗的犯罪嫌疑人一聽就嚇得六神無主了，接下來就會有什麼說什麼。他一旦承認了一條，堅固的心防打開，就無心糾纏於一城一地的得失了，其他的問題也大多會竹筒倒豆子全盤交待。老姜打算迂迴攻擊，先在抽逃出資上攻破他的防線，進而再攻下行賄問題。

這個問題，是張勝沒法迴避，也沒法反駁的犯罪事實。

老姜目光灼灼地盯著他。

張勝一對眼睛直直地盯著那照向他的刺眼燈光，瞳孔縮得像針尖般大小，然後他的目光漸漸移開，眼神飄忽渙散起來。老姜心中一喜：他的精神快崩潰了。

老姜吸了口氣，正準備再施加些心理壓力促使他立即交代，張勝緊綳的神色突然鬆弛下來，說：「這件事，我同樣沒什麼好交代的。不過，你們可以找一個人，他瞭解全部的詳情。」

「什麼人？」

張勝眼中閃過一絲狡黠的光，一字字說：「當然是匯金公司的實際控制人，第一大股東徐海生！你們要調查，請找他去。」

到哪去找徐海生？為了一樁虛假出資案出國搞外調？

張勝輕輕地歎了口氣：「警官，不是我故意推諉，拒不合作。可是你要明白，我是匯金寶元公司董事長兼總經理不假，但是這是公司成立之後才有的身分，而不是公司成立之前啊。」

「什麼？」老姜有點疑惑，不明白他為什麼強調這一點。

張勝解釋說：「警官，依據您方才的陳述，在寶元匯金公司成立之前，用拆借來的資金冒充驗資資金，未實際轉移財產權，虛假出資，騙取評估、驗資證明文件以後，隨即將所出資金抽逃，然後騙得公司成立。」

「這一切，都發生在這家公司成立之前，發生在我成為公司法人之前。而在此之前，我既不是合夥人中的第一大股東，又沒有一個董事長職務，所以決策權不在我這兒，這一切的執行者同樣不是我。不瞞你說，我既不知道這是犯罪，實際操作虛假注資的人也沒和我說過這些具體的犯罪行為。」

「一共三個合夥人，寶元集團的張先生出資一百萬加上他的人脈關係、另一個合夥人徐海生出註冊資金，我出土地，為了避免被我看輕了他，他能說實話嗎？」

老姜氣得笑了，秦若男的嘴角一勾，也不經意地牽動了幾下。

小李氣得直翻白眼：「嘿，我說，你行啊你，一推二五六，你啥都不知道啊？」

張勝委屈地說：「可不是嗎？我是什麼啊？一個有地的地主而已，土老帽兒，任嘛不懂，讓人當槍使呢，要不然怎麼就我倒楣呀？」

老姜等人正面審不出結果，無計可施之下就詢問張勝創業時的細節，希望他能說漏了嘴，透露什麼蛛絲馬跡。張勝撇開正題不談，大談創業之苦以及他如何應酬，請客吃飯，八方求援的事，為了以示誠意，他連風花雪月的事情都交代了，卻絲毫不提與行賄和虛假注資沾邊的任何事情。

他為了把自己打扮成一個什麼都不懂的傀儡，還說起第一次去高級飯店時擔心口袋裏錢不夠的糗事，這時，他說到了令秦若男怦然心跳的一個名字。

「在那之前，我哪去過什麼大酒店啊，那是頭一次，所以記得特別清楚，我到現在還記得那家酒店的名字，叫『海市蜃樓』，我們是在三樓一個叫『沙漠王子』的包間宴請的銀行同志。」

「唉，這名字不吉利啊，想不到我的榮華富貴果然如海市蜃樓一般，現在想來恍然一夢。」

秦若男呆住了，一顆心幾乎要跳出腔子來：「不會錯了，是他！一定是他！」

張勝又說：「後來徐海生去廁所，我就慌忙追了上去，一問才知道只是打著我的名號請客，其實是他掏錢，那些客人也都是看在他的面子才來的。唉，你們說，我不是傀儡是什麼？」

他重點提及出錢請客的人是徐海生，其實就是在暗示公司成立之前，徐海生才是促成公司成立的運作策劃人和主要決定者。這話的含義，審訊者自然聽得出來，不過這一個星期，由於上面的一些問題，沒有及時提審張勝，他們並沒閑著，而是利用這段時間對滙金公司做了許多調查，知道那個合夥人徐海生已經出國了，一切，他們只能著落在這個現任董事長的身上。

張勝說到這兒，出了一會兒神，眼神幽幽地說：「那晚，我在洗手間聽到兩個男人商量給一個女孩下藥，想迷姦她……」

他嘴角勾起一抹笑意：「我在走廊看到那個女孩了，真漂亮，純淨清澈得像一泓泉水，精緻完美得像一件瓷器，叫人難以忘懷……」

秦若男的臉蛋紅了起來，被人當面這麼讚美，又是這樣怪異的場面，真讓人感到非常難為情。

「我故意撞了她一下，悄悄告訴她有人要給她下藥……唉，也不知她逃過一劫沒有。警官，我不是壞人，沒害過人，沒做過壞事，真的沒有，為什麼牢獄之災卻偏偏落到我的頭上呢？」

小李不耐煩地敲桌子：「不要東拉西扯，說重點、重點！」

……

從七點審到九點半，張勝筋疲力盡，三位審訊者力盡筋疲。

手銬從椅子打開，張勝拖著鐵鐐「叮叮噹噹」地走了出去，秦若男定定地看著他的背影，若有所思。

老姜和小李面面相覷，小李鬱悶地說：「這小子……真是頭一回進來嗎？整個一滾刀肉，油鹽不進啊。」

老姜笑笑，說：「有點耐心，能成為罪犯的，智商都不低，不能過於小瞧了他們，慢慢來。咱們先回去，把事情向上頭反映反映，改天再來。」

小李貼過去，低聲說：「要不要動刑，這種人吃不了苦，受兩下就招了。」

老姜朝正在出神的秦若男努努嘴，也悄聲說：

「算了吧，小男跟著呢，到底是女孩子。再說，看樣子上邊很重視這個犯人，弄出傷來不妥。況且，很明顯的上邊有人想保他，要不然也不會拖了一星期才讓我們審。」

小李笑了：「說的也是，不過同樣明顯的是上邊有人想整他，要不然，就憑他現在經營的這麼好，什麼差池都沒有，不過是虛假出資，都過去兩年了，又沒啥不良後果，用得著抓他嗎？」

老姜嘿嘿一笑，掏出煙來，給小李遞了一根，一邊抽煙一邊說：

「這種事不要多想，做好自己手頭的工作就好。既然要我們查了，那就得審出個結果來。下回多帶兩班兄弟來，慢慢地熬，不信他一直這麼油嘴滑舌。」

他拍拍小李肩膀，說：

「見過熬鷹嗎？鷹夠狂吧？翱翔於九天之上，御風而行，自由自在，熬到時候還不是乖乖地受人驅遣？」

為了維持公司，鍾情這一周來忙得焦頭爛額。張勝猝然被捕，沒有指定代理負責人，目前公司高層只有她和郭胖子、黑子三個人，郭胖子和黑子不是這塊材料，除了她沒有人能擔得起來。

她從公司剛一成立就跟著張勝，做過張勝的秘書，管過公關部和辦公室，現在又是水產批發公司經理，所以當仁不讓地肩負起這個責任來。

昨天，她打聽到看守所裏也可以穿自己的換洗衣物，至於硬梆梆的冷炕頭上，只要家裏送得進去，也能睡上舒服的被褥，於是今天一早就去買了幾套內衣外衣，又購買了柔軟舒適的被褥，結果還沒去看守所，郭胖子就打電話來讓她馬上回公司，她只好匆匆趕了回去。

不想這一去就一直耗到半夜，到現在公司裏還是吵吵嚷嚷，像開大會一樣。其實一開始只是公司內部的中層幹部人心惶惶，集中起來想要個說法。畢竟，這是一家私營企業，老總被抓了，上上下下沒個領頭人，誰也不知道這公司還能不能開下去，誰也不知道月底的時候還能不能發上工資，這人心就散了。

他們一來鬧事，本來就人心不穩的冷庫客戶和水產批發市場客戶恐慌起來，要求撤租的有之，要求退訂的有之，總之是擔心公司突然倒閉，影響到自己的切身利益。最初張勝還在的時候，因為集資群眾來堵大門，有幾戶見勢不妙的客商退租退訂，儘管違反合同，但是張勝都慨然答應了。

張勝這麼做倒不是跟自己鬥氣，而是為了穩定軍心。這麼做能穩住那些還在觀望的人，但是現在他被抓了，已經談不上什麼軍心士氣，鍾情就堅決不能答應了，要提前退租退訂可以，違約金必須拿來，她要盡可能地挽留客戶，不能讓張勝苦心經營的這家公司煙消雲散。

這一來，眼見前期退租退訂不受阻礙，自己退租退訂卻受到刁難的客戶大為不滿，這些人的素質大多不高，情急之下打而罵之，什麼污言穢語都出了口，鍾情一個女人，獨自支撐這局面，所承受的壓力可想而知。

上午的時候郭胖子還跟著解釋、說服、做工作，忙活到中午的時候又急又累，當場暈了過去。可是這一手當初對付葉知秋和崔知焰那對無良分子行，對付這些擔心受牽連的客戶就不行了。

本著法不責眾的心理，根本沒人在乎他的死活，鍾情只得叫人把郭胖子抬回去休息，自己面對這些人的侵擾和圍攻，中午、晚上，粒米未進，滴水不曾沾唇，現在嗓子啞了，嘴唇也皴裂出血，往昔的容光豔色全然不見，憔悴得不成樣子。

結果傍晚時分，張二蛋的大公子張滿福又風塵僕僕地趕了來，理由很簡單，寶元公司在匯金還有百分之十的股份呢，張勝被抓了，他要把這部分投資拿回去。沒現錢？沒錢可以搬東西搬貨，只要抵了債就成。

鍾情據理力爭，奈何她不是公司負責人，名不正言不順，張大公子擺出股東身分，根本不理會她的指責，要不是鍾情給保安下了死命令：他們敢搶東西就動手往死裏打，還真鎮不住這個紈絝子弟。

鍾情嘶聲叫：「各位，各位，請聽我說，張總只是受到寶元公司事件的牽連，被帶去協助調查。匯金公司的經營是沒有問題的，絕不會使大家的利益受到損失，請相信我……」

有人惡毒地譏諷道：

「你他媽的是什麼東西，憑什麼相信你？張勝一倒，張家連個能管事的都沒有，讓個二奶出面撐場子，誰他媽的還放心？」

鍾情臉色漲紅，眼裏有淚，只能含羞忍辱地繼續勸和。

這時，黑子領著一幫殺豬屠戶風風火火地衝進了公司。他本來管著橋西新村鎮上的屠宰場，郭胖子和鍾情知道他性情暴躁，都不想讓他摻和進來，所以一開始都沒有通知他。

不過郭胖子暈倒再醒過來後，不斷讓人來公司這邊察看情形，聽說那些人不依不饒，越鬧越凶，心下十分焦急，可他那樣子，是實在不能硬撐著再出面了，偏偏這時候張二蛋的大公子又來趁火打劫。郭胖子情急之下，只好讓人去通知黑子，讓他馬上來公司。

那些屠戶們照舊是棒子、繩子加刀子，看起來一個個兇神惡煞。黑子舞著一把剔骨尖刀，惡聲惡氣地罵：「哪個不開眼敢來公司鬧事？欺負鍾姐是女人嗎，有本事衝老子來。」

鬧事的客戶先是靜了一靜，隨即吵鬧聲更大了，他們畢竟人多，心中雖有點害怕，卻不甘心就這麼離開，有人躲在人堆裏大喊起來：

「看吧看吧，匯金公司已經完了，軟的不行，現在又來硬的，說一千道一萬，我們的血汗錢不能白白扔在這兒，不給我們一個交代，我們寧可死在這兒也不走！」

「不要吵啦！」鍾情啞著嗓子喊，眼見沒人理她，她抱起窗台上的一盆花，重重地砸在辦公桌上。「嘩啦」一聲響，眾人都向她望來，屋子裏一下靜起來。

沙發上，張大公子坐在那兒蹺著二郎腿抽煙，面帶冷笑，身後站著他帶來的幾個人冷冷看著。

鍾情呼了口氣，啞聲道：

「諸位，公司現在的情形，現款絕對沒有，但是只要公司在，公司正常地運行下去，你們的利益就有保障。我們提供的是冷庫儲藏和水產批發市場，不是麼？我保證，我們能夠維持它們的正常運轉。」

她徐徐掃了眼所有的人，接著說：

「大家的心情我理解，可是這麼繼續鬧下去，你們到底能得到什麼呢？你們把房子拆了，把冷氣機拆了，拿去賣破銅爛鐵嗎？那又能賣幾個錢？保證金和預付款我現在沒法子退給大家，大家為什麼不給我一個機會，也給你們自己一個機會，一起來維護我們發財致富的企業呢？」

「董事長暫時被扣起來了，可是公司的正常經營並沒有受到影響，你們擔心什麼呢？政府不會眼看著一家有希望的公司倒閉，不會希望廣大的經營者受損失，我們公司的正常經營活動到現在都沒有受到任何限制，這就是明證。」

「誰是誰非，現在議論這個已經沒有必要了，我們大家都坐在一條船上，只有同舟共濟，才能渡過這個難關。如果，如果有一天我們真的沒辦法維持，那時你們再來拆了這公司，和現在有什麼區別？」

悄悄的議論聲也停止了，大家都在思索鍾情的話，猶疑著，還是沒人表態離開。

鍾情掃視一圈，眼中一片悲涼：「黑子，刀給我。」

「鍾姐！」黑子走過來，把刀一揚，在空中轉了一圈，然後捏住刀背，把刀柄遞向鍾情。

鍾情舉刀在手，說：「大家猶豫、擔心，是因為還不相信我的話，而不是不相信我說的道理，對不對？好！我今天先卸下一隻手，作為給大家的利息。如果有一天，我今天說過的話失言，不但公司任你們拆，我鍾情這條命也賠給你們。」

鍾情說罷，霍地把刀高高舉起，一刀便狠狠跺向自己按在桌上的左手。

「鍾姐！」黑子嚇得魂兒都快飛了，急忙探身便抓，在場的所有人都看得出，鍾情這一刀絕未留力，這一刀結結實實地剁在了手腕上，要不是黑子眼疾手快，在刀落下的剎那死死攥住了刀背，這一刀絕對能把整隻手全剁下來。

饒是如此，這一刀也已深可見骨，鮮血橫流。

黑子急得直跺腳，他奪了鍾情的刀，舉著血淋淋的刀團團亂轉，一時找不到包紮的東西，倒把周圍的人都嚇退了。張滿福也吃驚地站起來，叼著煙捲卻忘了吸。

血從她的腕上蜿蜒而下，在桌上淌成了幾條小溪，然後滲進那摔碎花盆的黑色土壤，土化黑泥。泥是黑泥，卻生蓮花，鍾情的臉上有令人不敢逼視的剛毅。

「諸位……」鍾情憔悴的臉色白中透灰，因為忍痛，額頭已沁出密密麻麻的汗珠，她的身子搖搖欲墜，強自支撐著說：

「如果大家相信我的誠意，請先離去，這家公司無論倒不倒，我一定會守在這兒。今天……我能給大家的只有這麼多，我這隻右手，還要留著，因為我要用它來為張總寫申訴資料；我這張嘴，還要留著，因為我要用它去鳴冤告狀；我這雙腿，現在還得留著，因為……我……要靠它去到處奔走……」

有人偷偷地扯自己夥伴或家人的衣襟，有人彼此交換著目光，慢慢地，一個、兩個、三個，人們開始默默地向外退……

張勝回到牢房的時候，已經快到休息時間了，甄哥等人圍了上來：「怎麼樣，都問什麼了，有沒有動刑？」

「沒有，就是問話，訊問了兩個多小時，沒挖到啥有價值的東西，他們就讓我回來了，不過臉色都不好看。」張勝笑笑說。事實上他被燈晃得直到現在眼前還有一片片光影在閃，一個審訊者都沒看清。

強姦犯羨慕地說：「經濟犯就是吃香啊，審我那天可不同，他們揪著我頭髮，跟拽死狗似的，疼得我眼淚都躥出來了。」

「廢話，就你這人渣，還指望員警叔叔對你多溫柔？」彪哥冷笑道。

方奎說：「瘦死的駱駝比馬大，勝子家裏畢竟有錢，有錢能使鬼推磨啊，想必是早就上下打點過了。我可不成，審我的那天，剛含糊了幾句，我靠，差點沒讓他們給打死，把我銬桌子腿上，大橡膠棒抽在腿肚子上疼得我直抽抽，緊跟著板王就上了，這傢伙更狠，都不怕留下傷痕。」

強姦犯說：「我聽說，國家正在準備制定沉默權制度，不准拷打犯人，這制度下來就好了。」

甄哥奇道：「啥沉默權？」

強姦犯忙巴結道：「就是像外國電影裏演的，抓住犯人，告訴他，你可以保持沉默，但是你說的每句話都會成為呈堂證供。審訊室也不准掛『抗拒從嚴』的標語了，要改成『有權沉默』。你不想說話了，回他一句找我律師談就行了。」

罪犯懂法律，一點不稀奇，他們學習法律知識的熱忱，絕對讓一個普通人都自愧不如，但凡有這方面的新知識，他們都是孜孜不倦刻苦學習的。

方奎一聽，說道：「別他媽扯了，知道嗎？外國人往獄裏一關，好吃好喝的供著，也沒勞改，沒事打打球聽聽音樂，跟養祖宗似的，除了沒有自由，就這那些犯人都受不了。咱們這兒不行啊，要是那麼搞，犯人豈不更加猖獗？」

張勝一愣：這番話義正辭嚴、憂國憂民的，問題是從一個罪犯嘴裏說出來，怎麼顯得有點滑稽？

甄哥也連連搖頭：「不可能，不可能，別想了，這條法律肯定通不過，現在打著都死鴨子嘴硬呢，不打啥也別想問出來。咱中國多少人啊？全靠員警自己去找證據，別扯了，那破案率得低到啥程度？」

「就是！」彪哥也「憤怒」了：「像咱這搶劫的、強姦的、盜竊的、經濟犯罪的，你不打都不說，你找出多少證據我認多少罪，多的都一字不吐呢，要是殺了人要以命抵命的更別說了，那是掉腦袋的事，你往死裏折騰他也一字不說呢，有權保持沉默？破不了案的話，那不是就白白把他放過了？」

眼看著一張張激於義憤，甚至有些漲紅起來的臉，張勝真的是無言以對了。如果不是這幾個傢伙那身囚服穿得利利整整，他真要以為這些人是人大代表了。

張勝知道警方的訊問不會就此甘休，今天的審訊，他已經品出了其中的味道，自己被捕的主要原因不是經濟犯罪，而是有人想利用自己這個小卒子搞掉開發區主任牛滿倉。聽說開發區設立之初市政府內部就矛盾重重，那這個問題就不僅僅是搞垮一個牛滿倉那麼簡單了，兵戈所向，自然是他背後的人，甚至是背後之背後。這招「隔山打牛」，使得什麼時候自己這個小人物居然也成了權柄之爭的導火線了？

張勝理清了這前因後果之後，心裏五味雜陳。很多時候，歷史是由小人物來推動的，但真要輪到他頭上時，他才發現自己一點也慶幸不起來。

他等待著，一方面等待著警方的消息，一方面等待著公司的消息，他相信，鍾情和郭胖子他們一定也在為他上下奔走，鍾情上周來過一次，此後沒有再露面，張勝想像得出自己被抓後公司裏群龍無首，會是何等難熬的局面，鍾情一直沒再露面，他知道鍾情一定非常忙碌，可是也因此愈加擔心。

情緒方面，他已經穩定下來，摸準了對方的目的，他已經知道自己不會那麼快離開這裏了，最起碼，也得等到上面的鬥爭漸趨明朗、等到勝負之勢已分。可是又是五天過去了，他等待的兩方面的人還是一個也沒有出現，他的心裏有點惶惑起來。

現在張勝在號裏過得還不錯，摸清了這裏的情況，加上管教那裏替他寄存著大筆的代金券，他的生活還不錯。號子裏有小食堂，不想吃大鍋飯的，可以用代金券去那裏吃小灶。價錢方面，帶點葷腥的菜一份十塊，麻油豆腐一份也要五塊。

這個「份」不是論盤，也不是論碗，而是指的盒飯裏擠在米飯邊上的那點菜，不過這在裏面已經是極好的伙食了。這裏的犯人家庭經濟條件好的不多，所以吃得上好東西的犯人也就不多，文先生是個神秘的存在，他是犯人，但是在犯人們眼裏，沒人把他當犯人，所以也沒人去跟他比較，他們只能跟張勝攀比一下。

張勝雖說有意收斂，一周起碼也會有兩次改善伙食的機會，同一號子裏的幾個大哥自然也就跟著享點口福。

在押人員除了少數人家裏按時給他存錢外，一部分是家裏確實困難顧及不到的，一部分屢教不改家裏寒了心乾脆撒手不管的，這些人如果再沒有適應環境絕處求生的「過人之處」，一般過得都很淒慘。

文先生在他們心裏那是神一般的存在，他們連想著去沾點好處的念頭都不敢有，所以就巴不得能搭上張勝這個「大款」，所以張勝很快成了其他幾個號房羡慕的對象，人氣指數直線上升，現在在號子裏也是有頭有臉的人物了。

這天，號房裏分到的是做燈泡的任務，每人二十掛燈泡，號房裏能人不少，時間一長，大家就總結出了一些工作經驗，不再各行其是，而是分工合作，按前後步驟來做，也就是流水作業。張勝現在是不用做事的，他大可與甄哥、彪哥等幾人坐在那兒當監工，不過張勝覺得過意不去，也要做些工作，甄哥無奈，便把接線的活分給了他。

接線是最輕鬆的，就是把串起來的燈泡都接上插頭線然後整理好。強姦犯劉巍則坐在他旁邊的地上插燈泡，就是把燈泡的兩個小銅芯插進一個小小的塑膠罩子裏去，技術倒沒什麼，只是得細膩耐心。劉巍眼力不好，又沒配眼鏡，得貼著小燈泡才看得清，速度總跟不上。

上次做燈泡因為沒有按時完工，劉巍已經被頭鋪甄哥收拾過一回，被人摁在地上，用鞋底狠抽手指，把他雙手十指抽得像胡蘿蔔似的，所以這次十分認真，緊緊抿著嘴巴，手下一刻不停。

可是他想專心幹活兒，彪哥偏不讓他如意，彪哥背著手監工，時不時地還跟他說話：「巍子，你媳婦兒多久沒給你來信了？」

劉巍臉色有點發苦，囁嚅道：「彪哥，我……自打進來，她就沒給我寫過信啊。」

屋子裏便一片幸災樂禍的哄笑。

「巍子，你媳婦兒是幹什麼的？」同樣是小弟身分的阿三問道。

劉巍歎了口氣，說：「是護士，水靈著呢，唉！我真是犯混，自己老婆那麼漂亮，強姦那女病人幹啥？仔細想想，她還真沒我媳婦漂亮，而且因為老生病，活動少，大腿啊、臀部啊，肌肉鬆馳，我當初是豬油蒙了心還是怎麼著？」

方奎嘿嘿笑著對張勝說：

「沒看出來吧？巍子原來是個體面人，醫生，還是科主任呢。他給女病人治病時用乙醚把人弄暈了，然後在病房裏就上了，可惜善後工作沒做好，那女病人剛醒的時候還真沒懷疑，讓他給唬過去了。可是緊接著上廁所，下邊流出精液了，那女的結過婚，孩子都兩歲了，一聞就曉得怎麼回事了，這不……他老哥就趕這兒報到了。」

說到這兒，他對劉巍嘿嘿地笑：「我說你也特摳門了，一個套子才幾毛錢啊，都不捨得用？」

劉巍訕訕地笑：「奎哥，我不是不捨得用套子，那女人結紮過的，我想著挺安全的，不穿雨衣不是更爽嗎？嘿嘿……」

彪哥陰陽怪氣地說：「這不爽進來了嗎？你這罪坐實了，怎麼也得蹲幾年大獄，你媳婦能等你嗎？」

劉巍手下停了停，歎了口氣說：「如果是別的罪吧，也許能吧。可這罪……唉！」

「你唉個屁啊，你是花罪進來的，人家沒馬上跟你離婚就不錯了，你還唉聲歎氣？」

方奎一副過來人的模樣指點道：

「要我說，你不如主動聯繫她一下，協議離婚得了，人家還能念你的好，不然……你就是不是這罪，時間一長，人家也得離，現在這世道，誰等誰呀？」

坐在炕上擺撲克，一直沒說話的甄哥這時嘿嘿一笑道：

「就算房門等著你，水門也不一定等著你，等你出了獄，滿屋都是綠帽子，不是更噁心？離了吧，離了吧，早離早利索。」

張勝聽得哭笑不得，說：「你們呀，俗話說寧拆十座廟，不毀一門親，哪有你們這樣勸離不勸和的？別缺德了。」

彪哥笑道：「這不是缺德，本來就是那麼回事兒嘛。對了，勝子啊，你女朋友怎麼樣？能等你出去嗎？」

「女朋友？」聽到這個稱呼，張勝腦海裏最先閃過的就是相處兩年的小璐，然後悄然映起的就是秦若蘭。一個，與他一街之隔，在花店裏忙碌著，卻不肯走過來與他一見；另一個，已在地球的另一端，她們都是那麼遙遠……

看到張勝的臉色陰沉下來，方奎咳了一聲，說：「行了，一會兒再聊，先幹活兒，幹活兒……」

大家都悶頭幹起活兒來，一個小時之後，到了放風時間，張勝放下手裏的一掛燈泡，走出去在院子裏閒逛起來，各號裏的犯人地位比他低的，見了他恭恭敬敬叫聲勝哥，地位差不多的大哥級人物，大多也很客氣，點頭示意一下，或者叫一聲「勝子」，不過也有一些看不起他這種小白臉、真正靠拳頭吃飯的江湖大哥，一臉桀驁不馴地瞟著他，大有挑釁之意。

張勝也不在乎，他走到牆角裏去，蹲下來，蹲在陽光裏，瞇著眼看著眼前一株青青的小草，從口袋裏摸出一根皺巴巴的香煙，然後四下看看，摸出一盒火柴，裏邊只剩兩根了，他攏起手，迅速點燃香煙，深深地吸了一口。

「勝哥，借個火兒。」說話的是個胖子，身上穿件類似交通指揮的黃馬甲，這是勞動號，也就是行動相對隨便的自由犯。這些人替管教們做著許多事，犯人們就算是大哥級的人物，一般也不會得罪他們的。張勝忙站起來，遞過了火柴。

那個勞動號掏出根煙點上，胖臉上一雙小眼睛飛快地四下一溜，然後借著身子的遮擋，讓張勝看清了一個小紙團落進火柴盒裏，然後把火柴盒合上，笑瞇瞇地遞還給了張勝。

張勝目光一閃，不動聲色地接了過來，他使勁地吸了兩口煙，微低的頭看看四下沒人注意，便閃進了茅廁。

蹲在茅坑上打開火柴盒，裏面是一個小紙卷，上邊寫著一行娟秀的小字：

已聘律師，近期將至，諸罪勿認，議後再決。家裏尚不知情，公司一切安好，勿念。

短短一句話，張勝反覆看了三遍，整句話都能背了下來，才把紙條撕成碎片，撒進了茅坑。做著繫褲子的動作走出茅房，正好一分鐘。

外面一個盯著茅房的管教見他準時出來，目光又轉向別處。

張勝嘴角一翹，心中暗暗冷笑：「媽的，拉屎撒尿管的這麼嚴，單間裏供著一尊佛，你還不是視而不見？只要給你好處，事情再大一點，你一樣難得糊塗。」他整理著衣服，故意從那個管教身旁慢慢悠悠地踱了過去。

對於不正之風和職場腐敗，張勝和每一個普通公民一樣，感到氣憤和不平。但是現在他的困難恰恰需要這種不正之風才能得到幫助，所以心裏實際是為看守所存在這種不正之風而有些慶幸和歡迎的，因為他是這種風氣的受益者。

不過在態度上，對這種風氣他還是該批判就批判的，這就跟奎哥他們一面罵著員警濫用刑罰，可是一聽說法律上要出台「沉默權」便義憤填膺強烈反對一樣，只不過是把自己當成局內人還是局外人的問題。

「鍾情，其實比我更有魄力和辦法，幸好公司有她在。如果是我，恐怕招架不住那些個體戶的輪番轟炸，那裏面多的是亡命之徒，能說服他們不鬧事還真是難為了她。公司尚能穩定就好，家裏怕是瞞不了多久，如果說我工作忙或者出差談生意，也沒有幾個星期不往家裏打個電話的，唉……能撐多久，撐多久吧。」

「只是……鍾情一直跟著我做事，單獨的人脈關係很少，她想救我出去談何容易？我這可不是簡單的經濟案件啊，要不要再給她傳條口訊出去，讓她去找哨子、李爾他們？他們能力有限，不過他們的父輩……」

張勝剛一想到這個念頭，自己又做了否定：

「算了，因為若蘭的事，李浩升對我頗有恚恨。他和哨子、李爾是摯交好友，這事他們想必也已知道了。論起交情來，他們跟蘭子的交情可比和我深多了，我何必去強人所難？鍾情替我維持著公司已屬不易，如果再受他們冷落……」

他苦苦一笑：「何況……寶元集團案通天徹地，牽連甚廣，就算哨子、李爾他們的父輩，又哪有膽量往這旋風窩裏面闖？」

第七章

冒犯警花的下場

秦若男恨恨地想放手，但是這時她的眼睛忽然對上了張勝的眼神，
那雙眼睛已經被折磨得沒有了神采，眼球上佈滿了血絲，
可是仍可看得出它內蘊的情感：
那不是偷襲成功的得意，不是猥褻女人的淫蕩，
那眼神……那眼神裏有一種解脫的坦然與渴望。
秦若男突然明白了他這麼做的用意，
她的眼神被那雙眼睛所攝，如受催眠，
一個警務人員的責任感還沒有全面接管她的中樞神經，
她已直覺地按照張勝的意願做出了反應。

第二天，兩輛警用麵包車開進看守所，市局刑警大隊經偵支隊的人又來提審他了。這一次，他們搜集了更多的證據，重點就在當初建立公司時有張勝簽字的一些文件，他們希望先攻一點，借此迫使張勝認罪，然後再乘勝追擊，擴大戰果。

但是遺憾的是，有些人天生就能很快適應某些場面。已經經歷過一次審訊的張勝，對於審訊室的氣氛已駕輕就熟。

「張勝，你老實交代，是不是曾給牛滿倉送過禮物？」

「警官，您說的是行賄是吧？如果是普通的禮節性往來，我也不會被你們帶到這兒了，那您問的一定是我是否行賄？如果是問的這個，那麼您不應該說禮物，而應該問我是否曾對牛主任行賄，並點明時間、地點、次數、行賄的禮品內容。」

「行賄罪，是指為謀取不正當利益，給國家工作人員以財物（含在經濟往來中，違反國家規定，給予國家工作人員以財物，數額較大，或者違反國家規定，給予國家工作人員以各種名義的回扣費、手續費）的行為。」

「首先，我沒有為自己謀取不正當利益而與牛主任有過接觸；其次，我沒有收買國家工作人員職務行為的企圖和具體行為；第三，我沒有給國家工作人員以各種名義的回扣費、手續費；第四，我贈送的小禮品價值數額不大。因此，我認為，我沒有行賄行為。」

「你老實點！」

「警官，我是非常合作的，我分析陳述的都是事實，是根據國家有關法律……」

員警一個個聽得眉頭直皺，張勝能用最平和的心態，最機敏的反應，像商場上錙銖必較一樣，一分一毫地和你摳、和你辯，只要你一句話說得有欠思量，他就抓住不放，像外交辭令一樣和你不厭其煩地反覆推敲，弄得一幫審訊者滿腹火氣，卻又發作不得。

因為這次陪同他們來審訊的有某位市裏領導的秘書，這個人是迫切希望從張勝嘴裏撬到第一手資料的，但他畢竟是政府官員，審訊者心裏有點忌憚，不好當著他的面做些違反規定的行為。

那位秘書坐在那兒十分焦躁，可他卻沒意識到弄巧成拙的正是他自己，正因為他在，員警反而縛手縛腳，不好施展了。

劉隊見張勝如此難啃，便和老姜、老曹等幾個資歷較老的辦事員低語幾句，決定按照他們的既定方案開始審訊。

他們成立了以劉隊為負責人的專案攻堅小組，專案組下設三個審訊小組，每組三人，並制定了三個小組輪流連續審訊計畫，如此周而復始地審下去，直到張勝開口承認罪行的那一刻。現在看來，必須使用這一方案了。

軟刀子割肉更疼，幾人互相打個眼色，「必殺技」上場了！

此時是九八年的春天，就在去年年末，國家對刑法和刑訴法進行了修訂，最高法院和最高檢察院出台了相應的司法解釋，明確了對犯人進行刑訊是犯罪，而且以刑訊方式取得的證據不能做為定案依據。

在此之後，如毆打、體罰、吊打、捆綁、非法使用刑具以及這次立案標準中的「餓、凍、曬、烤」等並無爭議的「刑訊」得到了一定的遏制。

這是必然的，因為一項新的法律剛剛施行之初，肯定是受到相當大的重視的，沒人會頂風作案。

況且張勝是有一定社會身分的人，案件性質又比較特殊，所以這些刑警並不願對他施以大刑。這一來作為替代方式，非暴力的「連續審訊」就成了克敵制勝的法寶。這種審訊方法已經被許多警務人員當成殺手技，有的地方甚至作為經驗在傳授。

其實這種方式看似文明，但是對犯罪嫌疑人的肉體和精神摧殘更加強烈，而在已經被證實的錯案中，很多案件中都有這樣的「連續審訊」情況。

遺憾的是，這種普遍存在於司法實踐中的辦案人員進行「連續審訊」的行為，算不算刑訊逼供，能不能構成犯罪，卻沒有在最高檢察院的刑訊逼供罪的立案標準中得以體現。

因此許多警務人員鑽了這個法律漏洞，長期貫徹實施。多年後震驚全國的佘祥林冤案中，佘祥林就是因為被沒日沒夜的連續審訊，直至精神崩潰而胡亂供述殺妻經過；而更早出現的杜培武殺妻冤案中，也是被連續審訊多日，最終為求解脫編造了殺妻罪行。

在實施此必殺技之前，他們對張勝的社會關係先作了一番摸底調查，發現張勝的政界關係主要依賴於張二蛋，而張二蛋現在自身難保，不會有什麼難纏的後果，一個攻堅方案就被劉隊和幾個資歷較深的隊員正式確定下來。

今天，張勝也嘗到了這種可怕的折磨。

審訊的重點已經不是確鑿證據與犯人的交鋒，而是希冀通過連續審訊迫使張勝主動承認這些罪行。員警先講他們已經掌握了證據，不但有證人證物，而且被調查的牛滿倉主任已經承認了受賄事實，張勝對此不予理睬。

他們見這一招沒有誑住張勝，便說他如果負隅頑抗，一旦查出以上犯罪事實，就會罪加一等，至少要坐十五年牢。

張勝仍是據理力爭，和他的罪名有關的刑法條例，他已經倒背如流了，侃侃而談時彷彿他是一個大律師，倒把這些審訊者駁得啞口無言。

劉隊便講，他前不久剛剛處理過一個案子，犯罪嫌疑人的性質和張勝大同小異，由於那個人認罪態度好，在案子移交檢察院後，他們把犯人配合調查、主動坦白的事情整理成資料一同報送過去，結果那人判了一年有期，還是緩刑。

張勝笑笑，說：「警官，我也想坦白啊，坦白從寬嘛，我一進審訊室就看到了，那標語上不是寫著嗎？可我總不能說謊啊，明明沒罪卻承認有罪，弄成冤假錯案，事情傳出去，人家還以為我是屈打成招呢，豈不給人民警察臉上抹黑了？」

劉隊大怒，臉上閃過一絲戾色，他厭惡透了犯人的油腔滑調，可是一時卻不便翻臉，坐了一會兒便沉著臉走了出去。

秦若男也在審訊者之列，今天，她特別淑女，溫溫柔柔地坐在那兒，不帶一絲煙火氣兒，完全沒有平時那種霸王花般的英武之氣。

自從知道張勝就是她的恩人之後，她的心情就很矛盾：一方面，報恩的心理使她想對張勝有所補償；另一方面，作為一名警務人員，對方卻是一名犯人，這種對立的身分，使她實在想不出該如何報答他，徇私枉法的事她是絕不會做的。

今天，她只能坐在那兒，無奈而憐憫地看著張勝，一個警務人員的覺悟，使她無法做出絲毫維護他的舉動。可是與此同時，她又無法加入對他施壓的人中去。

現在是白天，沒有用台燈照他，張勝也看到了這個異常漂亮帥氣的女警，她眼神中的溫柔和憐憫，是這間寒冬般的屋子中唯一的一股暖流，所以，他的目光經常會不由自主地瞟向這個俏麗女警。他奇怪地發現，這個女警好似不敢與他對視似的，經常在他望過來時，悄悄地垂下目光。

今天，老姜帶來三班人馬，審訊從早上九點開始，審訊者輪番上陣，中間完全沒有休息時間，長時間的緊張思索，使張勝到了下午就有些支撐不住了，精神經常處於渙散狀態，但是審訊者仍不斷向他發問，許多問題都已反覆問過，仍要求他重新詳細回答，以求從中發現漏洞，張勝只能強自支撐著回答。

「老姜，犯罪嫌疑人的精神狀態很不好，是不是停下來休息片刻？」秦若男實在忍不住了，輕輕跟他打招呼。

老姜喝了口茶，側了側身子，低聲說：「小男，不能動婦人之仁，他的表現你也看到了，常規審法他什麼都不會招的。」

他扭頭看看吸著煙，一臉不耐煩的市委盧秘書，又低聲說：「要是看不下去，就出去透透氣吧。」

秦若男無語，她看看臉上掩飾不住疲勞之意的張勝，終於不忍地走了出去。

趕到另一間辦公室，秦若男找到劉隊長說：「劉隊，犯罪嫌疑人已經非常疲倦了，現在四點多了，已經連續審訊了七個小時，你看，是不是讓他休息一下？」

「不熬，他能招嗎？小男啊，你怎麼同情起犯罪分子了？」

「劉隊，他現在還沒定下罪名呢。再說，就算是判決了罪名，我們也不能這樣對待人犯啊。」

劉隊猶豫了一下，說：「嗯……那好吧，再審一個小時，然後大家去吃飯。對了，青盧縣抓到幾個被通緝的人，就是充當張二蛋的打手，在寶元集團濫用私刑，打傷打殘觸怒張二蛋的多名員工的那夥人，你馬上回支隊一趟，帶幾個人去把他們押解回來。」

「這……是！劉隊，我馬上出發。」

秦若男快快不樂地走出去，驅車返回刑警大隊。

隨即，盧秘書沉著臉走進來：「劉隊，這樣審法，什麼時候才能水落石出？」

「盧秘書，你別急。」劉隊忙換上一副笑臉，「梁所長已經定好了飯店，咱們先去吃飯，然後送您去賓館休息。這兒嘛，你放心，我們會繼續審訊，直到犯罪份子承認全部罪行。」

晚八點，第一審訊組組長熊偉松，瞪著已精疲力盡的張勝，冷笑問道：「你現在把第一次同徐海生會見張寶元的事情再仔細重複一遍。」

張勝坐在那兒，嗓子已經啞了，他沒有說話。

「怎麼，累了？睏了？」

張勝抬起頭，有氣無力地說：「是的，警官，是不是能讓我休息一下？」

「想放鬆一下？行啊，小周，讓他站起來，做五十個彎腰夠腳尖、再做五十個連續下蹲，然後做仰臥起坐，好好的清醒一下。」

「警官，我……啊！」小腿肚子上挨了橡膠棒狠狠一擊，猶如電擊一般，疼得張勝一陣抽搐，他被迫站起來，按照吩咐做了起來。

晚上十一點，第二審訊組到位，組長楊成剛繼續審訊，睏了就起來做連續下蹲，在暖氣片上壓腿以恢復精神。

早上五點，第三審訊組到位，仍然是重複審訊以及做運動。張勝雙眼通紅，精神愈加萎靡，但仍咬緊牙關，一口咬定行賄係楚文樓捏造，純粹是為了報復；而抽逃出資則是徐海生一手策劃並執行，他對此並不知情。

上午九點，第一審訊組接班，張勝被勒令站起回答問題，手中平端一盆清水，一次堅持半小時之久，並不時做各種運動。

下午一點，第二審訊組接班，張勝平端的盆子由清水換成了沙子，不准進食、飲水，不斷的做蹲立起、俯臥撐，他的雙臂和大腿已經腫脹了一圈。

盧秘書吃飽喝足，打著酒嗝來到審訊室，一邊不耐煩地轉著茶杯，一手反覆在鋼筆桿上滑動，張勝始終堅不吐實，令他的臉色越來越難看。

劉隊長的神情變得十分焦躁：「張勝，不要抱著僥倖心理，試圖蒙混過關。你是無法同國家專政機器對抗的，我告訴你，你的問題不僅僅是匯金公司的經濟問題，你和寶元公司的張二蛋關係密切，彼此又互相參股，他的事你脫不了干係。」

「張二蛋已經完蛋了，他現在被挖出來的問題就有強姦幼女、偷稅漏稅、非法經營、行賄、妨害公務、故意傷害等罪，手段特別殘忍，情節特別惡劣，罪行極其嚴重，社會危害極大。如果查出你和他們有所勾結，那麼判你二十年都夠了！」

張勝看了看那個一直坐在那兒，時不時和審訊者耳語幾句，卻沒穿警服的眼鏡男，對他的身分隱約猜到了一些。他舔舔乾裂的嘴唇，用沙啞的聲音虛弱地說：「寶元……有很多問題，但是最大的問題，是造成了社會動盪的問題……」

「啪」地一拍桌子，劉隊惱火地說：「交代你的問題，我不是來聽你說教的。」

張勝沒理他，他盯著盧秘書，但是眼神有點渙散：「拋去個人道德問題造成的個人犯罪，單就公司經營來說，地方政府也有責任。地方政府想要政績，所以一度對寶元的盲目擴張起到了推波助瀾的作用，媒體把它吹捧得無限大、把它當做當地民營企業的典範，結果呢，就是隱患無窮……」

劉隊氣得冷笑：「好，你真能講啊，你繼續講，我看你還能講多久！」

「所以，你聽我說，不管你隸屬於哪一方，如果你們上去，最後都需要……治。亂，只是手段，不是目的……」

劉隊蹙蹙眉，老姜緊張起來，湊近他耳邊說：「劉隊，我看他好像已經神智恍惚了，說胡話呢？」

盧秘書忽然擺擺手，示意他們住嘴，輕輕說了一聲：「讓他說。」

張勝的眼睛盯著虛空中的一點，繼續說：「一旦塵埃落定，亂局卻不可控制的話，想想後果吧。所以，亂，固然可以渾水摸魚，但也要亂得有節制，否則，發而不可收，始作俑者就要自嘗惡果。」

他忽然神經質地一笑，說：「別的問題不談，單是寶元集資，涉及多少國家機關和企事業單位，那些人現在還能安心工作嗎？你如果能站上去，是不是需要給他們一個交代？」

盧秘書若有所思地看著他，嘴唇張合了一下，隨即警覺到這裏是審訊室，還有許多警務人員在，便沒有說話。

張勝忽然打了個哈欠，喃喃地道：「在這裏面，我只是一隻小蝦米，只是一隻無足輕重的小蝦米，放過我吧，我好睏……好睏……讓我睡一會兒，就一會兒……」

「啊！」足踝被三接頭的皮鞋狠狠踢了一下，這地方看不到什麼傷，可是卻疼入骨髓，張勝身子直抽搐，睡意又被驅散了。

劉隊咬牙道：「繼續審，我就不信你是鐵打的金剛，不說實話、不承認你的犯罪事實，你就休想睡覺！」

張勝突然崩潰似的嘶聲大叫：「你打死我好了！殺了我吧，讓我睡覺，我寧可一睡不起……」

劉隊冷笑道：「我不打你，也不罵你，我就陪你這麼耗著。張勝，咱們就比比看，看誰耗得過誰！」

晚六點，張勝反銬在椅子上，雙腿跪在椅子上回答問題……

夜裏十一點，他被銬在暖器片上，半蹲半站，繼續審訊……

第三天中午，張勝已經連續六十多個小時不曾睡覺，身體狀況十分脆弱，但是審訊仍在繼續。這時，他赤腳坐在椅子上，雙手被反綁，雙腳被皮帶緊緊地捆在一起。

他已經無法理智地為自己辯駁了，但仍然執拗地回答著：

「不是……」

「沒有做過……」

「我的記性不好，什麼也想不起來……」

「這個問題徐海生最清楚！」

「楚文樓是捏造事實，打擊報復……」

這些話已經成了機械性的回答，張口就來，幾乎不經大腦。

無論是精神上還是體力上，他都已經快熬到了極限，他想休息，想結束這種無休止的折磨，曾經幾次他甚至想胡亂招了，只要能結束這種痛苦的感覺。可是一想到他兩年來的心血，他不惜一切才得來不易的這種局面，一想到還在公司苦苦支撐著、並且為他奔走著的忠心耿耿的夥伴，他的意念又堅定起來。

可是，這種審訊什麼時候能結束？肉體和精神的忍受力是有限度的，他從來沒有體會過睡眠和上床休息對人的誘惑是如此之大。為了得到這不算奢侈的享受，他幾乎願意付出一切，他還能忍多久？

秦若男押解人犯從青廬回來了，犯人直接押送看守所待審，剛一交接完畢，她就迫不及待地問：「梁所長，劉隊審的那個犯人怎麼樣了，聽說還在審？」

梁所長笑嘻嘻地說：「是啊，那小子還真能扛，仍是堅不吐實，我剛才過去看了一眼，那小子的眼皮正用火柴棒支著呢，嘿，就是這樣，還是咬緊牙關不肯招認。」

秦若男大吃一驚，失聲道：「眼皮用火柴棒撐著？劉隊……是連續審訊？」

梁所長奇怪地道：「是啊，你不知道嗎？你那些隊友審得筋疲力盡，他倒還能撐，不過我看也差不多了，人快癱成一堆泥了……」

他還沒說完，秦若男就一轉身，匆匆向審訊室跑去。

「劉隊！」秦若男氣喘吁吁地走進門，一眼看到燈下滿面鬍渣、臉色憔悴、雙頰凹陷、兩眼無光的張勝，心中突然一痛。

「小男回來了？」劉隊笑吟吟地向她迎過來。

他一直很喜歡秦若男，只可惜對她的示意和表白，這女子視而不見。劉隊知道她的父親在省對外經貿合作廳工作，家境很不一般，所以不敢用強，但是對她的喜歡卻不因她的拒絕而割捨，平時對她很是照顧，這次見她反對強行逼供，才找個理由把她打發離開的。

「是，那幾個犯罪嫌疑人已經帶回來了。」秦若男匆匆彙報完工作，又瞟了眼萎靡不振的張勝，低聲說：「劉隊，我們怎麼可以這樣審訊？連續三天三夜不讓人睡覺休息……」

劉隊有些不耐煩地說：「你管他做什麼？刑法、刑訴法，哪一條規定不許連續審訊了？我們犧牲自己的個人時間，沒日沒夜地工作，還錯了不成？好了好了，你剛剛回來，風塵僕僕的，這件案子你不要管了，回家去，洗個澡，好好休息一下。」

「劉隊！他眼看就支撐不住了，如果苦熬不過胡亂招供，說的就一定是實話嗎？」秦若蘭看看坐在那兒的盧秘書，壓低了聲音，用一副自己人的口吻說：「姓盧的爭著要他的口供，可是他背後的人現在還沒上位呢。要是犯罪嫌疑人供認的話經不起推敲，被對方抓住把柄，到時他再來個反供，不是把你遞出去了嗎？姓盧的能保你？」

劉隊一聽，猶豫起來，秦若男趁機說：「我先給他鬆綁，給他口水喝，你好好考慮一下。」

秦若男說完，見他沒有反對，立即向張勝走去。

劉隊盤算一番，轉身走回審訊台前坐下，與盧秘書耳語道：「盧秘書，我看他身體快撐不住了，搞出事來就麻煩了，你看，是不是先讓他回去休息一下？」

盧秘書一聽，把眼一瞪，低斥道：「糊塗，咱們耗了三天工夫，眼看就要成功了，豈能為山九仞，功虧一簣！今天把他放回去，他存了僥倖心理，下一次不是變本加厲？」

劉隊把牙一咬，目露凶光道：「好！那就繼續審，我看他能嘴硬到什麼時候！」

張勝被鬆開了手腳，上邊的勒痕觸目驚心，可是他似已沒了什麼感覺，秦若男心中一酸，她知道自己不該對一個犯人有這樣的感情，強自壓抑著心中的感覺站起身來，又端過一杯水，張勝立即像沙漠中待死的旅人，一下子撲過來，搶過杯子「咕咚咕咚」地喝了起來。

「慢慢喝，別急……」秦若男情不自禁地安慰他道。

盧秘書低聲對劉隊說：「你看，我說他裝死吧，還有這麼大的勁兒，怕什麼？」

張勝一杯水下肚，兩眼有了點神采，他感激地看了眼這個唯一對他有著幾分善意的女孩。

秦若男回頭向小李要過一支香煙遞給張勝，然後又要過打火機點燃。

張勝遲疑了一下：「這是什麼意思，硬的不行打算來軟的嗎，一個紅臉、一個黑臉的唱戲給我看？」

心裏這麼想著，他還是彎著腰慢慢湊過去，借著她手裏的火點燃了香煙，然後慢慢坐回椅上，貪婪地深吸一口。煙草的味道深入肺腑，極度疲勞的感覺得到了釋緩，但是昏睡的渴望卻更濃了。

秦若男深深凝視了一眼張勝，走回劉隊身邊，低聲詢問：「劉隊？」

劉隊臉色難看地笑笑，說：「小男啊，你回去休息吧，這裏的事你不用管了。」

「劉隊……」

「這是命令！」

劉隊長一言喝斷她的話，歉意地看了她一眼，然後便把氣撒在了張勝身上：「張勝啊，中國自古有句話，叫做民心似鐵，官法如爐，犯了法就得伏法，我就不信我這火爐子克不動你這生鐵塊子！我現在給你個機會，好好想一想，是坦白交代呢，還是繼續頑抗？坦白交代，還可以從輕發落，如果繼續頑抗，那咱們就繼續耗著，今天這事兒不整個明白，我絕不收兵！」

張勝又深深吸了口煙，煙霧繚繞著他的臉，顯得有點琢磨不定的神氣。

審訊室裏一時鴉雀無聲，所有人的目光都注視在他臉上。

一支煙被他吸到煙屁股，還夾在手指上，彷彿根本感覺不到燒炙感。秦若男心有不忍，忽然說：「要不要再吸一支？」

張勝搖搖頭，飄忽的神色中忽然浮現出一種神秘而詭異的笑，那笑容在最後一口繚繞的煙霧裏像蒙娜麗莎的微笑一樣，讓人看不出他到底是種什麼心態。

「你們想讓我招供是吧？呵呵，好，我不招的話……看來你們是不會放過我了，我說可以，不過……」

他看了眼神色一下子緊張而興奮起來的審訊者們，說：「不過……我要交代的問題關係重大，牽涉到一個大人物和一些非常機密的事，你們……都要聽嗎？」

盧秘書急忙從中山裝上衣口袋裏摸出筆，打開了手中的筆記本，同時向劉隊使了個眼色，劉隊也興奮起來：「那沒問題，我可以讓無關人員退出去，你說給我聽就行了。」

「不用！」張勝疲憊地笑笑，「承蒙這位女警官好心關照，我就……說給她聽吧，這頭一功就送給她了。女警官，請你靠近些。」

秦若男狐疑地瞟了他一眼，眼神十分古怪，既像是盼他坦白交代，又像是不希望他自供罪行，那眼神叫人分不出是喜是憂。

她定定地看了張勝一眼，向他走近。

「小男，小心他玩弄詭計！」劉隊長喜悅之中不忘囑咐一句。

「放心吧，沒事的。」秦若男淡淡地說了一句。

劉隊長這才想起秦若男精擅搏擊術，就算是自己，這些年養尊處優、年紀漸長，體力大不如前，腰腹也有了贅肉，真要交起手來也不是她的對手，何況是一個被審問了三天的犯人，便也放下心來。

秦若男走到張勝身邊，張勝有氣無力地點頭示意了一下，秦若男略一遲疑，提高了警覺，慢慢彎下了腰，把耳朵湊向他。

「警官，你上次來，穿的是便裝。」張勝的聲音很小，很沙啞，但字字清楚。

「嗯？」秦若男聽清了，她有點莫名其妙，微微側臉，瞟著張勝，眼神清澈，櫻唇淡紅粉嫩，從近處看，肌膚細嫩白皙，沒有一絲瑕疵。

「不過，你這次穿的是警服。真漂亮，我喜歡你穿橄欖綠制服的樣子。」

秦若男臉有點熱，又有點惱羞，大家都眼巴巴地看著他們，還以為她在聽張勝吐露什麼機密，誰知道他卻在說胡話。秦若男哼了一聲，尷尬地說：「別耍花樣，說重點！」

張勝忽然怪裏怪氣地一笑，聲音突然放大了，大到足以讓室內每個人都聽到：「重點啊？重點就是，我喜歡看你穿警服，還喜歡替你脫掉它。不不不，不全脫，上身得穿著，那樣『欺侮』你才爽，哈哈哈！」

「你……」秦若男的臉騰地一下豔若塗朱，那眉梢兒一挑，殺氣躍然掛上眉尖：「你、說、什、麼？」

張勝忽然使足了力氣跳起來，一把抱住她，在她臉上「啵」地親了一口。

這一聲，在靜悄悄的審訊室裏盡人皆聞，一時所有人都呆住了。在審訊室裏耍流氓，調戲女員警，這樣的犯人，他們還從來沒見過。

秦若男又羞又氣，一個「霸王卸甲」便掙開了張勝的擁抱，然後施展擒拿術，沒等張勝跌倒，便扼住他的手腕把他拉了回來，「呼」地一下拳上生風，便擊向張勝的鼻子。

這一拳用力甚猛，如果擊實了，張勝那只筆挺的鼻子就算請最好的整容醫生修理一番，也要從此變成比薩斜塔。但是秦若男的拳頭要擊中張勝的鼻子時，突然停住了。

秦若男腦海裏忽然記起他「醉醺醺」地衝過來，一下子把自己撲倒在地，在她耳邊匆匆說的那句話：「小心酒杯，下藥！」

秦若男心中一陣難過，兩年……僅僅兩年，為什麼他變成了現在這副模樣？

「不管如何，我欠你的……」秦若男難過地想著，拳頭有了收回的意思，與此同時，她聽到了劉隊急急說話：「不要打傷他。」

秦若男恨恨地想放手，但是這時她的眼睛忽然對上了張勝的眼神，那雙眼睛已經被折磨得沒有了神采，眼球上佈滿了血絲，可是仍可看得出它內蘊的情感：那不是偷襲成功的得意，不是猥褻女人的淫蕩，那眼神……那眼神裏有一種解脫的坦然與渴望。

秦若男突然明白了他這麼做的用意，她的眼神被那雙眼睛所攝，如受催眠，一個警務人員的責任感還沒有全面接管她的中樞神經，她已直覺地按照張勝的意願做出了反應。

屈肘，收拳，然後左手一推，右手劃著弧線揮出，重重地擊在張勝的下巴上，張勝整個身子都飛了起來，仰面摔在地上。

她用的不是爆炸力，所以張勝的下巴沒有碎，但是這只有當事人、而且懂得運用拳力的人才感覺得到。在旁人看來，這位女警官已在羞憤之下發飆了。

「如你所願，就當我還你的！」秦若男心裏這樣想著，有種想哭的感覺。他曾把自己撲倒在地，在別人眼中有種借酒醉占她便宜的感覺，實則是在救她。怎知道，兩年後的今天，她要狠狠揍他一頓，目的竟然也是為了要救他？

張勝剛剛落在地上，她又踏前一步，低喝一聲：「王八蛋！你是找死！」

她一腳踢在張勝的肋下，張勝很是嚇人地在水泥地上打橫轉了半圈，頭和腳正好換了個位置。

這一腳實際殺傷力有限，不過就連故意激怒她的張勝也不知道她手下留情，更別說其他人了。

「忽啦」一大幫員警圍了上來，站成一圈把張勝圍在中間，一個個低頭看他，狀似默哀。

張勝被這手連環擊打懵了，他已經感覺不到疼痛，只是迷迷瞪瞪地看看那一圈正在天旋地轉的人頭，用蚊子大的聲音喃喃地哼了一句：「力氣真大，跟蘭子……有一拚……」然後兩眼一翻白，一下子暈了過去。

劉隊長慌慌張張地跑過來，分開人群，急不可耐地問道：「吐血了沒？肋骨斷了沒？怎麼下這重手咧？都還愣著作啥，叫救護車！」

第八章

烏龍越獄事件

「怎麼辦？」一群越獄犯蹲在鐵門下研究起來。

半小時之後，頭鋪大傻哥做出了英明決定：

「原路返回，主動自首，爭取寬大處理！」

於是越獄犯們排著隊按原路返回，重新從狗洞爬回號房，

整個過程中，牆上的大兵始終沒有發現。

然後他們便在號房裏高呼口號，親切召見管教大哥，

要坦白交代他們的越獄罪行。

世界上最幸福的事是什麼？

張勝的回答是：睡覺睡到自然醒。

他在醫院裏整整睡了兩天，全靠掛滴液維持生命，醒來後狂吞了一大碗鹹菜小米粥，然後摸著肚子躺在被窩裏，一股幸福感油然而生。

原來幸福離他是如此之近。

可惜這種幸福的好日子只持續了三天，三天後，醫生說他只是疲勞過度，下巴、肋骨處有瘀傷，沒什麼大問題，泡病號的張勝便被趕回了看守所。

張勝被帶進大院的時候，各號的犯人正在院子裏放風。

一般來講，各號各有老大，所以，小弟們彼此之間為了避嫌也不會有太多的交談，大家各有自己的活動地盤，輕易不會越界。這就像不同的狼群固守自己的草原一樣，只在自己的地盤上活動，哪怕一隻羊衝進了他們的領域，他們也不會越界捕捉。所以人群看似雜亂，但是不同號房的人之間明顯有一道無形的界限約束著他們的行動，涇渭分明。

但是當張勝「叮叮噹噹」地走進院子裏時，這種無形的籬笆界限被打破了。

所有的人都扭頭轉身注視著他，張勝就在一道道怪異的目光中嘩嘩啦啦地向前走。

為了對他那天的瘋狂行徑以示懲戒，他被戴上了腳鐐，張勝在銬子上纏了布條以避免磨破腳腕，鏈子上則繫了條繩子提在手裏以減輕重量，一步三搖的。

或許是因為他動的是刑警隊的人，不是號子裏的管教，所以梁所長沒下重懲，如果對方是號子裏的管教，下場可想而知，哪怕只是一句不敬的話，懲罰也要比這高上十倍。

「啪！啪啪！啪啪啪！」五號的頭鋪吳老四忽然一下一下地鼓起掌來。

緊接著更多的犯人報以熱烈的掌聲，整個看守所彷彿在歡迎一位大英雄，歡聲雷動。

有人笑叫起來：「哈哈，勝哥，是個人物！」

「勝哥，警花的滋味如何啊？」

後邊跟著管教呢，下流話不敢說，不過不太過格的還是敢講的。

牛管在忍笑，以致臉上橫肉隱現，他拎起橡膠棒子，指著領頭鼓掌的一個四旬壯漢笑罵道：「吳老四，你還敢鼓掌？一群他媽的人渣。」

犯人們仍是興高彩烈，見管教也是一臉有趣的表情，知道只要不太過格他不會翻臉，膽子便大了起來，一群人擁過來，圍著張勝嘻嘻哈哈地問他調戲警花被打飛起來的經過。

張勝笑嘻嘻地配合著他們，見牛管教沒有跟過來，便對圍在身邊的各號犯人們說：

「沒啥，那些條子審了我三天三夜，就是佛也要發火，我看那個小妞條子順、盤子靚，打個啵醒醒神罷了，哪知道她是個小辣椒啊，嘿嘿，給我按摩了一番。」

「哈哈哈……」，方奎湊上來，親熱地捶了他一拳：

「奶奶的，還在這吹呢，一頓按摩消受了三天？唔……還別說，精氣神兒挺足。」

「那是，警花的粉拳繡腿，撓癢癢一樣。」

在號房裏混了兩周，對他們的習氣多少有了些瞭解，張勝也儘量用這些地痞流氓的語言風格說話。

「哈哈哈哈……」，一群犯人淫蕩地笑了起來。

張勝當日故意激怒秦若男，就是希望她打傷自己，自己受了傷，他們必定要送去醫院搶救的，審犯人動動刑，上邊會睜隻眼閉隻眼，可你要把事鬧大了，那可沒有再罩你了。再說，人是看守所帶出來的，你要把人弄得半死不活的，想這麼送回去，看守所也不幹，誰不怕擔責任啊？

這個動機他當然沒必要說給這些犯人聽，其實他不說大家也猜得出他當時的用意。故意做出帶點痞氣的樣子，有助於他在這個環境的生存。在這裏，和這些時而戴上面具、時而赤裎相見的犯罪分子打交道，他已經漸漸體會到了說謊話的必要。

在號子裏有時是很有必要用大話包裝一下自己的，包括那些大哥級的人物，他們向人說起自己以前的風光時，無不誇大其辭，大加虛構成份，什麼天天下館子、去夜總會、包小姐，砍人的時候招呼一聲就是百十號兄弟，這麼說都是為了自抬身分、讓人敬畏而已。

獄裏如此，外面的世界也是一樣，出國鍍金、海龜而來，考研教育、MBA，整容整形、假文憑……，男男女女、官官民民，無不是為了把自己包裝得更有價值，實是天下大同啊！

牛管咳了一聲，訓斥道：「好了好了，給你們臉了不是？時間到了，都滾回號子裏去！」

許多人還想湊上來和張勝說話，見他訓斥，只得各自向自己的號房走去。方奎拉了張勝一把，和同室的幾個人簇擁著他往回走，同時低聲說：「看見沒，牛管今天挺客氣的。」

張勝奇怪地說：「是啊，啥事這麼開心，他老婆生了？」

「你哥們來看你了，不讓進，也沒說你被審到住院，你那幾個哥們就給你存了些代金券回去了。他們一定是從中撈了好處了，吃人嘴軟，對你自然客氣點了。」

說到這兒，方奎羨慕地伸出手，反來覆去地比劃著：

「我靠，大手筆啊！你三個哥們，一人給你存了一萬，到底是生意場上的人，有錢啊。不過話又說回來了，生意場上的人，朋友落難還能這麼講義氣，不易！」

「什麼？三個朋友，給我存了三萬元的代金券？是誰啊？」

強姦犯劉巍忙湊上來巴結說：「我聽勞動號的人說的，好像有一個叫啥……對了，叫聶爾。」

方奎瞪了他一眼，罵道：「我靠，是李爾。」

劉巍訕訕笑道：「哦，對對，李爾，還是奎哥記性好。」

李爾……是哨子他們，他們到底沒有忘了兄弟之情，張勝心中有些感動，眼睛不由濕潤起來。

其實哨子三個人趕來探望他，內部還真的發生過爭執。

張勝被拘押沒有公開宣佈，但是沒有不透風的牆，哨子等人的家族生意做得很大，很快就聽到了風聲。

自從秦若蘭傷心出國而去，李浩升從表姐的語氣神態中揣磨出與張勝有極大關聯後，三個人真的惱了他。

年輕人脾氣暴躁，愛恨分明，他們和秦若蘭的交情遠比張勝深厚，張勝原來有個女朋友要準備結婚的，這事他們是知道的，如今不管為何，他先和秦若蘭發生了感情，後又逼得她傷心離去，在哨子三人心中都覺得這小子太過份，自秦若蘭離開後，他們一直沒和他有過聯繫。

但是聽說他被抓進看守所後，畢竟朋友一場，哨子動了惻隱之心，約兩人出來商議要不要幫幫他。但是三人只是把這意思向父輩稍稍透露，就受到了他們父親的嚴厲警告，告誡他們，這趟水太渾，不是他們玩得起的，不許摻和進去。

三位少爺畢竟未成根基，人脈關係都來自父親。而父親對此案如此慎重，他們也就明白其中內情十分複雜，不是他們能救得了的，三人轉而合計去看看張勝。

哨子想打越洋電話把這事告訴秦若蘭，李浩升堅決反對。哨子是希望借此事讓兩人有機會復合，而李浩升卻擔心表姐再度受到傷害。再者，表姐是幹部家庭的子女，爺爺是一位將軍，張勝是商人不說，而且進過看守所，不管將來定不定罪，這面上都不好看，老頭子那一關怕就不好過。既然已經分開，就不應該藕斷絲連。

秦若蘭是他的表姐，哨子和李爾自然尊重他的意見，於是三人便自行駕車趕來探望，恰好張勝昏迷住院，梁所長堅持制度，不允會見。

李爾想讓李浩升給他大表姐打電話，通過警方內部的關係通融一下，李浩升怎敢答應？大表姐嫉惡如仇，平日裏只是和若蘭等人喝個酒、泡個舞廳，都讓她看不慣，常常被她訓斥，如果讓她知道他們結交的朋友居然有犯人，那還得了？

三人無奈，只好讓看守所的管教們對他照顧一些，梁所長在張勝出院之後沒有嚴加懲戒，未嘗沒有哨子三人之功。

這裏的犯人買東西在小賣部登記，付款時用代金券就行。外面有人給你存錢的話，管教會記錄下來，拿一張類似發票的單子來讓你看，讓你簽字簽收。上邊記載著幾月幾號，誰給你存的錢。存了多少，這些都有記錄。進了號房和同牢房的人說了會話，牛管教就拿了單子來讓張勝簽字，一看存款人，果然是李浩升三人。

張勝一向比較大方，這回一下子有了三萬元鉅款，同室的犯人都知道這一下伙食將大為改觀，無不歡欣鼓舞。張勝也不吝嗇，當天中午吃飯的時候，就帶他們到了食堂點小炒，吃小灶。

四號房的犯人們在甄哥帶領下，大搖大擺直像下館子一般，享受著其他號房的犯人羨慕的眼光，進了小食堂。犯人如果點個盒飯，是允許帶進號飯吃的，吃小炒就得去食堂了，而且要在一個小時之內吃好，不許帶進號房。在食堂裏進餐，是有管教看著的。

今天開大葷，同時也是慶祝張勝逃過一劫，為他接風洗塵，所以張勝盡著食譜上的好菜點，擺了一大桌子。一盤肘子四十，食譜上還有餃子，一塊錢一個，那是肉的，素的五角錢一個，看得張勝眉毛直挑，這裏的物價太高了，幸好不能頓頓這麼吃，要不然十個大肚漢，三萬塊哪兒夠呀。

但是很快的，張勝就不用擔心錢的問題了，因為第二天，他有錢也花不出去了。原因是當晚二號房的幾個犯人越獄了。

這個號房有個犯人心靈手巧，善修各種電器，看守所為了省錢，修個電視風扇、自行車摩托車什麼的，便把他叫去修，時間長了，對他看管的就鬆了，這小子就悄悄留下了一把扳手，一把螺絲刀。

同號房的一幫兄弟商議一番，明知一定會判刑而且刑期較長的自然想走，這樣的人大多比較凶，在號房裏都是有份量的人物。有那罪行較輕不想走的，被他們裹挾著也不敢說個不字，於是這越獄行動便正式制定了。

在張勝回來的當天晚上，封號以後，一個犯人在窗口放哨，其他人輪流挖洞，愣是在牆上開出一個狗洞，因為二號房的角度不錯，牆上巡邏的武警也沒有發現。

看守所是兩道牆，內牆低、外牆高，號房都圈在內牆裏面，外面還有一堵高牆，牆上架著電網，兩堵牆之間是一條兩米寬的走廊。二號房的犯人爬出狗洞，很快弄出了內牆上的門，沿著兩堵牆中間那個走廊悄悄向前摸，找到了出口。

那裏是一道厚重的鐵門，打開這道門，就能回到自由世界了。可是等他們摸到門底下便傻眼了，鐵門上是一把巨大的鐵鎖，他們從來沒有看到過這麼大的鐵鎖，螺絲刀當鑰匙伸進鑰匙孔都絲毫沒有阻礙，便是開鎖高手看見這把巨鎖都兩眼發直。

二號房的頭鋪大傻哥捧著足有籃球大的鐵鎖端詳了半天，最後做出了鑒定：他們沒有合適的工具來開這把鎖，要是想把它砸開，估計得用上一輩子的時間。

爬牆？那是不可能的，且不說那牆有多高，牆上有武警，就算不被發現，就算疊羅漢爬上去，也得被電死，那電網可是真有電。

以前這道電網是有時給電有時不給電的，目的是為了省錢，反正也想像不出有人能爬得上去，更摸不準什麼時候給電，起到威懾作用就成，時間一長，連武警戰士自己都忘了哪天有電哪天沒電了。

有一天，一個武警在崗樓上閑極無聊，亮出老二來朝下面灑尿，尿淋在電線上，當場就把他電死了。這起重大事故發生後，看守所的所長都換了，以後這電網廿四小時開著，再也不敢隨便關掉了。

「怎麼辦？」一群越獄犯蹲在鐵門下研究起來。

半小時之後，頭鋪大傻哥做出了英明決定：「原路返回，主動自首，爭取寬大處理！」

於是越獄犯們排著隊按原路返回，重新從狗洞爬回號房，整個過程中，牆上的大兵始終沒有發現。然後他們便在號房裏高呼口號，親切召見管教大哥，要坦白交代他們的越獄罪行。

這起未遂越獄案把看守所梁所長驚出一身冷汗，他知道這麼大的事他一個人瞞不下，經過一番思想鬥爭，便向上級主動彙報，預審處聞言大驚，立即又向市局彙報。天還沒亮，市局和預審處的領導們便紛紛趕到看守所。

他們進了二號房一看，貼牆一溜抱著腦袋蹲在地上的乖寶寶，領頭的大傻哥眼淚鼻涕地正做著深刻反省，而對面的一排管教，卻一個個面色如土，他們今天沒動手打人，實在是餘悸未息，已經嚇懵了。

領導們當場決定，梁所長和幾名看守所幹部受到了行政記過處分，二號房的管教行政記大過，且扣發三個月獎金，同時在整個看守所進行自查，消除隱患。

各號的犯人們都被折騰，越獄號的犯人更是被戴上大鐐以示懲戒，大傻哥關了小號。同時領導們決定：不能讓犯人們吃得太飽能挖洞，小賣部停止賣貨三個月。

整頓工作持續了一個星期，勞動量驟然加倍，犯人們都恨死了二號房的犯人：你說你他媽的真要跑出去也就算了，兄弟還得翹大拇指誇你一聲好漢。這可好，人沒走成，連累大家受罪。

到了放風的時候，二號房的犯人自知得罪了兄弟，都聚在一塊兒不敢隨便走動，站在那兒老老實實，跟鵪鶉似的。

幾個號房的老大開始搞串連，根據經驗，他們料定自查整頓一結束，二號房那些戴大腳鐐的犯人就得被打散了分到其他各號，他們連累大家跟著受罪，那還有好果子吃？幾位大哥商量著準備怎麼收拾二號房的犯人呢，久已不提的「過堂」重被他們提了起來，管教們恨死了那些犯人，明知他們在商量用什麼手段整人，全都睜隻眼閉隻眼裝著不知道。

犯人們已經一周沒有好東西吃了，平常吃的東西也在減量，本來就苦捱過日的犯人都面有菜色，更別提四號房的人了。由簡入奢易，由奢入簡難，張勝和同號這些常吃小灶的人現在常常餓得胃部抽搐吐酸水兒，半夜就餓醒過來，午夜夢回，連張勝都開始恨起二號房的那群白癡了。

大清早，起床鈴聲還沒響起，張勝就餓醒了，他輕輕歎了口氣，正想轉身再瞇一會兒，卻聽到鈴聲急急坐了起來，準備穿衣起床。

照例是疊被、打水洗漱、清掃號房、打飯吃飯，不過張勝除了吃飯時自己去打，其他的時候他都和甄哥、方奎他們一樣盤膝坐在炕上。

經濟基礎決定上層建築，張勝如今是大哥級的人物，不用幹什麼，他便頂著個禿頭快快坐著。

到了學習時間，他們對著牆對面貼著有各種條例，念經似的正有氣無力地扯著嗓子念，突然哨聲響了：「嘟——嘟——嘟——」

同時勞教開始挨個號房開鎖啟門，對裏面咆哮一句：「全體出來，院裏集合，管教訓話！」

張勝陡然心中一動：「該是二號房的犯人要換號了，誰會來？誰會走？」

各號的人都走到院子裏，有些人竊竊私語，互相談著什麼，已經猜出這麼早集中訓話原因的人，臉上則帶著興奮之色。

一道高牆之隔的女號被叫到院子裏訓話，高牆上有流動哨兵，男犯們不敢亂說什麼，但是一聽到女人的聲音就亢奮起來。平時就是放風的時間都和女號岔開的，難得一大早就聽到一群鶯鶯燕燕的聲音，這對他們來說可是莫大的享受。

看守所的男號女號之間最早的時候隔斷很簡單，只是一道鐵柵欄，放風的時候，常有男女犯人趁人不備撲到一起醜態百出。最糟糕的是一些自知罪證確鑿的女犯為了想辦法懷孕以逃避懲罰，常向男犯索取精液。男犯就用小紙盒、杯子什麼的東西盛了精液偷遞過去，女犯人再想法設法甚至在其他女犯配合下把精液弄進體內。

雖說一直還沒見有成功的例子，但看守所的人可不敢冒險，真要有女犯在裏面懷孕，那可是從所長到管號全部下馬，這事比越獄都嚴重。所以後來中間添了堵高牆，上邊還有崗哨，這問題就解決了。

至於偶爾說話調情、或者疊紙飛機彼此寫信飛鳥窩子，也在「殘酷鎮壓」下消聲匿跡，如今男犯女犯們是盈盈一牆間，脈脈不得語。偶聞雌性發聲，色狼們不禁食指大動，紛紛向高牆邊靠近，耳朵也盡力地拉長豎起，就像一隻隻兔子。

「都給我滾回來，聽候訓話！」

牛管沉著臉，像黑包公似的一聲斷喝，那些沒出息的兔子便戀戀不捨地往回挪步子。

「一〇七〇出列！」

張勝一聽趕緊站出去，有點莫名其妙地看著牛管，心裏暗暗叫苦：「四號房的犯人剛剛讓我擺平，不是這就給我換號子吧？」

牛管教扭頭和削瘦一些的盧管教低語幾句，盧管教朝他一擺手，說：「跟我走，你的律師要見你。」

「是！」張勝鬆了口氣，同時又有些竊喜，雖說這案子在他估計，律師能起的作用有限，不過能和律師通上氣，總比在這裏兩眼一抹黑強。

那時的犯人大多數還沒有請律師的概念，而且也大多沒有請律師的錢，所以一個個看著他很是有些羨慕。

張勝被帶進一間隔著鐵柵欄的房間，對面有一個穿黑西服的男人站起來，向他微笑著點點頭。

這人四十多歲，衣著整潔，五官端正，兩眼有神，戴著一副金絲邊眼鏡，一副頗有自信的模樣。

「你好，張勝先生，我是蘭盾律師事務所的鄭國強律師，受貴公司鍾情女士委託，負責你的案子。」

張勝點點頭，他注意到鄭律師的身旁站著一名警官，而自己身後也站著兩個員警，本以為可以暢所欲言、同時打聽點消息的想法破滅了，他的心頭有點惱火。

鄭律師看到了他的眼神，無奈地笑笑說：

「《會見規定》中說，律師會見的時候，偵查機關可以不派員在場，所以派不派員在場，我們是沒有辦法控制的。」

既然是「可以不」，那就是在不在都行，模棱兩可的，到底該在不在場，解釋權在公安機關，張勝也只能苦笑一聲。

鄭律師咳了一聲，正容坐下，說：「我們只有二十分鐘時間，現在進入正題，請你按我提的問題盡可能詳細地給予回答。」

他打開文件夾，拿起了一支筆。

張勝也坐下，問道：「公司那邊還好嗎？經營有沒有受到影響，鍾情、郭依星他們……」

「請只談與案情有關的問題，不得詢問其他事宜！」一名警官打斷張勝的話，毫不客氣地說。

「好的，好的，」鄭律師頷首微笑，轉向張勝說：「張先生，首先，請你向我詳細講述一下有關向牛滿倉贈送禮品的經過……」

旁邊杵著三個員警，張勝只能把在審訊室對他們說過的話對鄭律師又重複了一遍。鄭律師聽得很仔細，尤其是一些不經意的小環節，他經常會突然打斷張勝的話，儘量問清時間、地點、當時的經手人，然後一一記述下來。

「時間到！」一名警官湊近鄭律師，向他提醒道。

鄭律師看看手錶，向他客氣地點點頭，拿起文件夾，對張勝說：「張先生，先到這裏吧，我會儘快申請第二次見面。」

他啪地一下合上文件夾，放鬆地往椅子上一靠，目光含著笑從鏡片後面向他看來：「不必過於擔心，你的官司有些複雜，時間上可能會拖久一點，不過只要不出差池，我還是有相當把握的。」

張勝可不敢對他的話抱太大的希望，他知道，就算行賄罪被摘清，抽逃出資方面，他作為董事長也難辭其咎。這種罪沒人追究就不是罪，有人追究的話，法律上白紙黑字在那放著，想做無罪辯護都不可能，是一種彈性極大的犯罪行為。

張勝估計，最好的結局就是像他堅持說的那樣：一切行為皆是徐海生所為，他本人並不知情，這樣的話，罪責還能輕一些。

回到號房院內，牛管教正聲若洪鐘地大聲訓斥，聽那內容，果然講的是二號房集體越獄的事，張勝立正報告，歸隊，正聽到他講準備把二號房犯人打散編入其他號房，同時把其他各號房的犯人也進行一番調動，避免同一號房的人長期在一起，熟悉之後合謀不法行為。

張勝悄悄問了一下旁邊的人，這時還沒講到具體人員的安置呢，就在這時，盧管教走過來，在牛管耳邊說了幾句話，牛管語聲一頓，和他耳語幾句，然後扭過頭來，眼神有點怪異地瞥了張勝一眼，中氣十足地喝道：「張勝出列！」

張勝一愣，忙跑出去在他面前立正站好。

牛管教胡亂揮揮手，說：「你……跟盧管教去一趟，哦……有律師找你。」

「律師找我？」張勝一呆，心下立刻提了幾分小心。他現在是在押的犯罪嫌疑人，律師會見必須要得到辦案機關的批准，沒有權利拿了三證就來隨時會見，他才剛走，怎麼可能又來？

盧管教已經在向他擺手，張勝來不及多想，只好硬著頭皮走了過去。

犯人群中又低低議論起來：「人比人氣死人，到底是有錢人，律師都一請一串兒。」

張勝被帶到一間審訊室，兩個人站住了，他瞅瞅盧管教，盧管教瞅瞅他，兩個人都是一副各懷鬼胎的模樣。

「咳，進去吧。」盧管教揉揉鼻子說話了。

「哦……管教，不用檢查了？」

盧管教乾笑兩聲：「檢查個啥？你全身上下哪兒能帶兇器？進去吧，少說廢話。」

「是！」張勝硬著頭皮推開了房門。

第九章

送上門的燒雞

張勝戰戰兢兢地解著塑膠袋，有種在解炸彈的感覺，雖說明知那不可能是炸彈。

塑膠袋解開了，裏邊是油紙包著的，這時一股令人垂涎三尺的香氣已經飄了出來。

撕開油紙，裏邊居然是一隻燒雞，張勝愕然。

「警官，這……這是……」

「快點吃，我不能陪你耗著，吃完趕快滾回號房去。」

「給我的？」張勝捧著燒雞，呆若木雞，一句失措的話想都沒想就出了嘴：

「警官，你不是想毒死我吧？」

審訊室內屋，指導員方剛愁眉苦臉地說：「小男啊，那小子明擺著是為了擺脫連續審訊的煎熬才……」

他頓了一頓，臉上有種忍俊不禁的笑意：「裝瘋賣傻有難度，想自殘又一直被人綁著，他不激怒你，哪有機會脫身啊？那天你都把他揍成豬頭了，今天不要……不要……」

秦若男臉有點紅，笑笑說：「方老師，你放心吧，人是你幫我提出來的，我絕不會讓你難做的。」

方剛鬆了口氣，忙說：「那就好，那就好，那我……先出去了，呃……不要捅出什麼漏子來啊。」

他又囑咐一句，從後門走了。

這間審訊室是開放式的，屋子不大，審訊台對面一把椅子，中間沒有隔斷，張勝提著腳鐐四下看看，屋裏靜悄悄的，一個人都沒有。

「咔嚓！」身後的門關上了。

「咔嚓！」審訊室後面的小門打開了，一個一身警服、英姿颯爽的漂亮女孩走了進來，眼睛睨著他，腳下慢悠悠的，神情有點戲謔，就像一隻貓兒正盯著自己爪下掙扎的小老鼠。

張勝退了一步，刷地一下，汗毛豎了起來。在那些犯人面前他可以逞英雄，真見了人家警花……她……她要幹什麼？不會是找藉口把自己弄來好好修理一番吧？

「砰！」秦若男手中一個包得很結實的小包扔在審訊台上，張勝嚇得一激靈，早聽說員警要打人的話，有的是刑具讓你身上不見傷，卻能痛得死去活來，果不其然，那個包裹張勝看了就一點都想不出它的用途，外面還纏著塑膠袋呢。

「管……管教……」張勝絕望地叫。

「叫警官！」秦若男哼了一聲，一屁股坐在椅上，眼睛仍然睨著他。

「警官！」張勝立即從善如流，心裏嘀咕道：「我哪是叫你啊，我是叫盧管教，起碼有人在，你不會打得太狠啊。」

「坐下，怎麼，現在知道怕了？」秦若男眉尖兒一挑。

張勝在對面坐下，欠著半個屁股，一臉討好：「警官，我在您面前哪敢逞英雄啊？」

「是……嗎？那天不是很神勇？」秦若男忽地一笑，笑若桃花初綻，嬌豔無方，幸好張勝被拘押時日尚短，若是曠男老犯，說不定當場跑馬。

張勝故作糊塗，連忙贊道：「那是，那是。那天女警官你……特別地神勇，我還頭一次見到女孩子一拳能把人打飛起來。哦……尤其是這麼漂亮，漂亮得禍國殃民的大美女。」

「少跟我裝！」秦若男臉突然紅了，心中有些羞臊，怒道：「說，為什麼偏要惹我？」

「我……，」張勝不敢油腔滑調，吃吃地說：「那些警官裏，我就看著您心地善良，富有同情心……」

「喔，搞了半天，是看我好欺負是吧？」

張勝可憐兮兮地說：「我……我哪敢欺負您哪？那些人是存心把我往死裏整呀，我是看您長這麼漂亮，心地又善良，犯在您手裏，多少還有點活路……誰知人不可貌相，您是靜若處子，動若脫兔，早知道您這麼神勇，我就親那個眼鏡男了。」

秦若男忍俊不禁，噗哧一笑，那威嚴勁兒就裝不住了：「這幾天怎麼樣？」

「謝謝女警官的『關照』，小的在醫院躺了三天，吃的比這兒好多了。不過一回來就不行了，現在管得嚴，肚裏一點油水沒有，兩個小窩窩頭一會兒就消化沒了，常常半夜餓得醒過來，胃裏直反酸水兒。」

張勝儘量說得可憐點，這裏的員警和犯人一個樣兒，現在還在嘻皮笑臉，下一刻皮靴就吻上了你的鼻子尖，喜怒無常，不能看著現在親切就不會動手揍他，眼前這個女孩從那天審訊時的表現看似很有同情心，說得可憐點兒，說不定可以少受點罪。

果然，她的眼中閃過一絲憐憫和同情，張勝心中大定：「應該是新員警吧，好搞定！」

「喏，給你的！」秦若男拿起桌上綁得圓球一般的塑膠袋，向他一扔，落在他的懷裏。

張勝捧起來，莫名其妙地看看，問道：「警官，這是……」

「自己打開！」

張勝戰戰兢兢地解著塑膠袋，有種在解炸彈的感覺，雖說明知那不可能是炸彈。

塑膠袋解開了，裏邊是油紙包著的，這時一股令人垂涎三尺的香氣已經飄了出來。

撕開油紙，裏邊居然是一隻燒雞，張勝愕然。

「警官，這……這是……」

「快點吃，我不能陪你耗著，吃完趕快滾回號房去。」

「給我的？」張勝捧著燒雞，呆若木雞，一句失措的話想都沒想就出了嘴：「警官，你不是想毒死我吧？」

「你吃不吃！」秦若男的杏眼瞪了起來。

「不應該啊，她要收拾我哪能這麼幹？許久不吃肉了，連飯都吃不飽，真是饞得慌，不管了！」張勝把心一橫，說：「吃，我吃！」說完就撕下一條雞腿大嚼起來。

秦若男不自在地摸大簷帽的邊兒，自顧找著藉口：「咳！可笑吧？哼！本想好好修理你一頓的，誰知道你們家裏……東拐西拐地托人，居然托到我頭上來了。朋友的面子，不好拒絕，我還得幫你揹吃的，想想真是不甘！」

張勝心中一寬，原來是公司那邊輾轉托人照顧自己，居然托到她頭上了，還真是夠巧的。她肯幫忙，尤其是被自己當眾親過，還肯代送東西，想必這中間的好處也沒少撈。這樣一想，張勝便有些鄙夷和放鬆下來。

一隻童子雞狼吞虎嚥地啃得直剩骨架了，張勝才隱隱覺得有些不對勁兒：「如果說是公司托人，鍾情她們出了面，不會只送一隻燒雞呀，是其他人？家裏應該還不知道才對，要是知道了，也不會頭一回就送燒雞，爸媽都是老實人，哪知道裏邊有多苦？」

秦若男看著他狼吞虎嚥，眼神漸漸溫柔下來，這時候的張勝神情專注而認真，沒有了那種做作的神態，就像一個稚氣未脫的青年，那神韻，漸漸和兩年前的影子融合起來。

「什麼眼神啊，不會是被我親了一下，一下子愛上我了吧？」張勝被她看得不自在，一邊躲躲閃閃地打量她，一邊在心裏偷偷嘀咕。

「想什麼呢？」秦若男眼神一厲。

張勝嚇了一跳，失聲道：「不會吧你，我想什麼你都看得出來？」

「切！」秦若男黛眉一挑，得意一笑：「在警校時，我的心理學可是所有警員裏最優異的。」

「那你說我剛才想什麼了？」張勝壯著膽子覥臉一笑。

「你……」秦若男頓了頓，紅暈忽然爬上了臉頰。

方才她見張勝鬼鬼祟祟地打量她，眼光在她臉上身上逡巡不已，不像在轉啥好念頭，所以才喝問了一聲，其實並沒多想，也沒認真分析他的心態，現在想想，這小子占過自己便宜，現在眼睛老在自己身上打轉，還能有什麼健康想法不成？

「滾！吃飽了是不？你能轉什麼好念頭，我懶得說出來。吃好了沒有，吃好了就滾回去！」

「是，女警官！」張勝提著腳鐐站起來，心中忽然有點不捨：「你……你以後還會不會來看我呀？」

「幹嗎？吃上癮了？」秦若男用兇巴巴的口氣說。

「不是……吃還是其次，最主要的是，和你說話很放鬆，」張勝幽幽地說，「在裏邊，我覺得自己和那些犯人一樣，就像一隻野獸，只有這時候……才像一個人。」

秦若男心中忽然湧起一種母性的柔情，不由自主地說：「好，只要方便，我就來看你。」

張勝只是隨口說說，沒想到她會答應，不禁驚奇地看了她一眼。秦若男也發現了自己的語病，忙又補充了一句：「當然，前提是我的朋友又托我來給你送東西。」

臨出門時，張勝提著腳鐐，忽然扭過頭，若有所思地看著秦若男。

「還有什麼事？」秦若男被他一看，心不由自主地跳起來，強自鎮定地問。

張勝搖搖頭：「很奇怪，我也說不上來，就是覺得……你像是我相識很久了的朋友似的，你的表情神態、說話的語氣，都有一種似曾相識的感覺，很熟悉、很親切……」

秦若男咬了咬嘴唇，忽然硬著聲音說：「等你再被我揍一次，相信你的感覺會更親切、更熟悉！」

張勝被帶出去，房門關上了，秦若男獨自站在空蕩蕩的審訊室裏，忽然若有所思地說：「還真奇怪，明明是頭一次交談，可他的語氣、聲調，對話時的反應，真的有種很熟悉、很親切的感覺，就像一個老朋友……」

「對！」秦若男目光一閃，突然想到一個人：「像他，那個突然失蹤了似的手機哥哥，打電話給他也不接……不過……不可能的，哪有那麼巧，再說……我查過那個人的手機號，那人姓桑，並不姓張……」

張勝回到監區時，訓話已經結束了，各號的人都已回房。張勝被送回自己的號房，一進屋，就見甄哥和小弟蟈蟈正在整理自己的被褥包裹。

「甄哥，怎麼了？」張勝問著，心裏已猜到了幾分。

甄哥手停了一下，說：「二號房的人全打散了分配到各號，為了杜絕全號上下合謀越獄的事再次發生，各號的頭鋪來了次大流動，我換到七號房了，三號房的『老刀』將到這裏當安全員。」

「老刀？」張勝聽人說過他，聽說這人和管教們混得很熟，在道上也是有名的人物，所以在獄裏很吃得開。這個老刀心狠手辣，是個極難纏的人物。

方奎、彪哥幾個人臉色也不太好看，平時跟著甄哥，和老刀沒什麼交情，他一過來就是老大，現巴結都來不及。號子裏的大哥們有的是只在本號吃得開，有的可不同，拳打南山敬老院、腳踢北海幼稚園，端的是一條響噹噹的漢子，到了哪個號裏都好使，老刀就是這樣的一個人，萬一他不待見，那自己二鋪、三鋪的地位就岌岌可危了。

大家各懷心思，所以號裏十分靜默，張勝想說兩句惜別的話，被這氣氛一感染，也張不開嘴了。

就在這時，「咔噹」一聲，號門又開了。盧管教站在門口，手裏拿了一串鑰匙，一個犯人抱著裏三層外三層的被褥跟蒙古摔跤似的走進來。

好大的個子，足有一米八五，膀大腰圓、臉膛黑紅，居高臨下地看人，在小小的號房裏頗具震懾力。號子裏的人齊刷刷地向門口看去，張勝心想：「他就是老刀？果然兇狠！」

這人後邊還跟著一個，大約一米七五，瘦削一些，手裏提著一大包諸如臉盆、香皂、換洗衣服一類的東西。

張勝瞄了眼甄哥、方奎和彪子，三個人都沒動，只是看著走進來的這兩個人，臉上的表情似乎沒有什麼異樣，張勝不覺有些奇怪。

這時，門口忽然又出現一個人，穿著一身灰裏透白的中山裝，板板整整的，頭髮剃成板寸，雖說只有一寸來長，但是在這一群和尚頭中也算是鶴立雞群了。他肩上披著一件半舊的呢大衣，背著手，一步三搖地逛了進來。

屋裏十個人全都停下了手中的事情，紛紛回頭看他，連坐在炕上的也紛紛跳下地來。

「刀哥！」有人怯怯地叫。

「原來他才是刀哥。」張勝恍然大悟。

老刀背著手踱進來，眼睛不經意地掃過四號房的每一個人，當他的目光落在張勝身上時，瞳孔突然收縮了一下，詭譎難明的眸光像針尖似的，在張勝身上足足定格了一秒鐘，這才轉向甄哥，滿臉是笑地道：「甄哥，兄弟報到來了。」

「老刀，動作好快啊你！」甄哥皮笑肉不笑地對他說。

張勝仔細打量，這人身高頂多只有一米七二，長得很結實，和走在他前面的那個大漢比較起來，那人就是一頭熊，雖說雄壯，動作卻有些蠢笨，而他卻像一匹豹子，機警敏捷。

「又不用自己動手，做啥不快？」老刀笑笑，張勝這才注意到他臉上似乎曾經受過傷，很可能是挨過一刀，想是治療得快，竟沒留下太明顯的疤痕，但是肌肉組織畢竟受到了破壞，一笑時那塊死疙瘩肉顯得有點猙獰。

「都他媽看什麼看，找爹哪？甄哥調號，怎麼都不知道搭把手？少調教！」

老刀一來就拿出老大的派頭，絲毫不顧忌還站在門口的盧管教。號子裏的人被他突然大聲一喝嚇了一跳，劉巍和另一個小弟急忙過去幫甄哥收拾東西。

甄哥臉上黑氣一閃，眼神裏透出幾分怒意，他吸了口氣，忍住了。

老刀這麼說，一來是有急著趕人之嫌，二來是諷刺他馭下無方，兄弟交得不實誠，人一走茶就涼，連個幫著收拾的人都沒有。看看他老哥兒，調個號都有兩個犯人給他搬東西，高下自然立判。

盧管教站在門口，不耐煩地說：「磨蹭什麼，快點！」

甄哥的包裹已經打好，但是為老刀威氣所懾，沒人敢去幫他提東西，要是惹得老刀不高興，自己以後豈不是沒好日子過？就是方奎和彪哥也只說了句：「甄哥，保重！」

張勝看著淒涼，心頭一熱，忽然大聲說：「甄哥，昨兒撿豆子，不是閃了腰嗎？別拎重東西，我幫你！」

張勝說完便大步走過去，從甄哥手中搶過了他捆好的被褥，使勁兒一扛，背在了肩上。

甄哥很是意外，他驚訝地看了張勝一眼，眼中閃過感激的神色，嘴唇微微嚅動，卻終是一言未發。他點了點頭，便學老刀一樣頭前出去了。張勝提著大包裹跟在後面，方奎和彪哥兩個本與甄哥關係更密切的人都有些羞愧地垂下了頭，不敢與他們對視。

張勝並沒有鄙視他們的意思，號房裏的交情，本來就沒到為了朋友讓自己犧牲重大利益的地步。老刀明顯是個不好侍候的大哥，不敢惹他不痛快也是人之常情，無可厚非。

一入江湖催人老，江湖混久了的人，得失的考慮就多。張勝卻像一個剛出道的小混混兒，血氣剛剛被激發出來，即便在理智上明知不該去做，還是會常常做出服從性格的行為。

盧管教看看張勝，笑了笑沒有說話。

張勝跟著甄哥，把他送到三號房，回來時老刀的鋪蓋已經鋪在頭鋪的位置上。

「張勝？」老刀坐在上首，如虎踞龍盤，他笑吟吟地問，神態十分和氣。

「老大！」張勝態度恭敬地喚了一聲，禮數倒也十分周到。

老刀上下打量他，又眯起眼盯著他打量半晌，忽然笑笑：「小勝哥的大名我是久仰了。小勝哥為人義氣，照顧兄弟，難得！」

「不敢，更不敢老大您敬稱一個哥字，叫我勝子就成了。」

張勝客氣地說著，心裏泛起一種奇怪的感覺。人的心理活動多少是能通過眼睛反映出來一些的，老刀方才看他的眼神，讓他感覺非常古怪。他無法分辨那種審視的眼神代表什麼，就是有種很古怪的感覺。

「呵呵，懂禮數、知進退，同樣難得。各位兄弟，從今天起，我是四號的安全員，還得大家捧場，才能讓咱四號太太平平、少出事情。號子裏原來是怎麼安排的，小勝哥，跟我嘮叨嘮叨。」

張勝看了眼方奎，他是二鋪，照理來說，該由他出面招呼的。現在老刀指名讓他介紹，他只好硬著頭皮把號子裏的分工說了一遍。

老刀不動聲色地聽著，聽完點點頭：「嗯，我剛來，也不想做什麼調整。這樣吧，方奎還是負責內務衛生、老彪還是負責勞動，小勝哥嘛，負責飯頭和值班。」

張勝大為意外，這兩件事原來是甄哥自己負責的，現在交給他管，那他的地位就超越了方奎和彪哥，直接躍升為二號人物了。

這個飯頭是關乎大家福利的，為了避免牢內犯人恃強凌弱，打飯時是大家自己打飯的，不允許別人代打，但是一旦進了號門，老大肯定重新再分配，像週末只有兩頓飯，伙食會好一點，有兩個饅頭，菜裏能見到幾塊肥豬肉片子。

不過只有老大才有資格享受，剩點肉末子分給誰不分給誰，多分誰少分誰，那就是飯頭的一句話了。再有就是值班，為了防止有人越獄、自殺或者殺人，每個號晚上都要安排專人值班，值班的人覺睡得少，自然辛苦些。

雖然方奎、彪哥和張勝的關係不錯，不過一個年輕人一下子踩到他們頭上去了，他們還是有點不悅，直覺地認為侵犯了他們的利益，嘴上不說，心裏卻對張勝反感起來。

這就是監獄，一切服從於權力，一切為了個人利益，這是最純粹的弱肉強食的世界。衣食足而後知禮儀，當人人都為了生存而掙扎的時候，道義和交情就只是掛在嘴上的一句口號，隨時可以拋棄了。

只是老刀可比甄哥凶多了，這人除了「少年號」沒待過，就連「病號」和「槍號」都住過，「病號」是老弱病殘的照顧號，「槍號」大多是雖還未判刑，但是身負命案，十有八九是槍崩結局的犯人，老刀能混到這份上，那就是資本。

老刀說完見大家沉默不語，嘿嘿一笑道：「我這人最民主了，大家要是覺得不合適，那就拿出來擺擺，咱們再研究，當面不講背後議論的，那可是自找不痛快了。我的提議，誰同意？誰反對？」

屋裏還是一陣沉默，老刀徐徐掃視一圈，眼中泛起凶光：「方奎！」

「……同意！」

「老彪？」

「同意。」

一圈下來，老刀把手一拍，滿意地笑道：「你看，這樣很好嘛，大家商量著來，一團和氣。既然大家都同意，那就這麼定了，把小勝哥的鋪蓋搬過來。」

「我來，我來！」劉巍一見四號房新一屆領導班子「民主選舉」工作塵埃落定，立刻上前獻殷勤。

張勝的鋪蓋剛剛鋪好，牢門又開了，一個抱著鋪蓋捲兒的小青年像進了狼群的綿羊似的，畏畏縮縮地走了進來。

「噹！」鐵門關上了，管教對著號口吼了一嗓子：「二號房的，調號，不許搞名堂。老刀，出了事我唯你是問。」

「好咧，你瞧好吧，我絕不敢給咱政府找麻煩。」老刀笑嘻嘻地說。

外面的人走開了，屋子裏刷地一下站起五六個人，老刀還是笑嘻嘻地坐在炕上，方奎和老彪幾個人也沒動。

張勝冷眼旁觀，這種場面自他進來之後，還是第二次遇見，只是主角不是他了。

他發現，那些最先站出來的一臉猙獰的人，其實都是平時在這號裏地位最低、供人使喚打罵的人，越是有點地位、有點權力的，反而越不會這麼張牙舞爪。越是被人欺負慣了的人，越是喜歡扮欺負人的人，不知道是不是心理上一種自我補償的需求表現。

「小子，過來！姓什麼叫什麼，哪兒的人，不趕快報上來，還要我問嗎？」

說話的是老秦，被壓抑久了的人果然變態。張勝剛來時地位比他還低，現在都混成二鋪了，老秦有點受刺激。

新來的那小子看起來也就十七八歲，瘦瘦溜溜的身子，削肩，瓜子臉兒，人還挺俊，細皮白肉的，鼻頭尖尖，眼睛挺大，剃個光頭像個小尼姑。

他怯生生地往前湊，老秦眼一翻白，喝道：「叫你站著了嗎？坐，請上坐！」

張勝正納悶兒，那小青年倒懂規矩，立即靠牆一站，雙腿一蹲，一條腿架在另一條腿上，擺出坐沙發的姿勢，兩手虛架在空中，好像放在沙發扶手上。

「喝茶、抽煙！」老秦又說。小夥子馬上做出抽煙的動作，又做個喝茶的動作。

「叫什麼，怎麼進來的？」

「我……我姓朴，叫朴愛民，盜竊進來的。」

這小子在外面也就是個人見人厭的小痞子，在這些老犯們面前嚇得比大姑娘還老實，當初那股張揚勁兒可是半點看不到了。

「嘿嘿！二號過來的，那都是強人啊！裝什麼孫子？」

大家你一句，我一句問個沒完，小朴坐沙發坐久了大腿突突亂顫，卻不敢說出來。旁邊牢房已經傳出幾聲慘叫，那也是二號房剛調過去的犯人，劉巍貼牆聽了一會兒，笑嘻嘻地說：「隔壁在『摘星星』呢。」

小朴「撲通」一聲跌在地上，趕緊又爬起來重新「坐」好，都沒敢換一條腿。

「摘星星」是一個極狠毒的過堂手段，先在屋頂上虛虛地黏一個紙做的星星，然後由幾個老犯人分別握住新犯人的雙手雙腳，喊「一！二！三！」一齊往上扔，新人要用嘴把黏的紙星星叼下來，一次不行再來一次，叼下來為止。底下是沒人接著呢，一般摔上四五下之後，能站起來的就一個沒有了。

彪哥心情不好，沉著臉說：「坐累了？」

小朴忙陪笑說：「謝謝大哥關心，不累，不累。」

彪哥哼了一聲，罵道：「有眼無珠的東西，我可不是大哥。行了，別坐了，划個船吧。」

張勝不懂這些花活，正覺莫名其妙，以為又是雙手做出划船的動作，卻見小朴不敢違抗，急忙站起來把褲子連著褪下來，褪到腿腕，露出兩條滑溜溜的大腿和一個圓圓嫩嫩的屁股，往地上一坐，雙手做著划槳的動作，腳後跟一勾，屁股向前一挪，再一勾，再一挪，剛做了兩個標準動作，就磨得齜牙咧嘴的。

張勝見號子裏的犯人臉上都有種病態的興奮，十分厭惡這種拿人不當人的做法，忍不住說道：「這小子一看就是個膿包，老大開恩，饒了他算了。」

老刀目光一閃，懶洋洋地伸了伸腰，笑得很是曖昧：「小勝哥求情，我得賣個面子。小傢伙白白嫩嫩一個好屁股，磨壞了可惜。這位是咱們小勝哥，以後你就跟著他混吧，把他伺候美了，小勝哥絕對罩你。」

朴愛民自知二號越獄事件犯了眾怒，今晚這一關不好過，想不到一句話就把他放了，驚喜得連連道謝，一迭聲地道：「謝謝老大、謝謝小勝哥。」看那模樣，就差跪下磕頭了。

老犯們聽了哄堂大笑，讓老刀一說，都用一種曖昧的眼神打量他。小朴道完謝，看見眾人眼神，臉上發窘，手足無措。

看守所裏養兔子的並不多，那種事主要發生在監獄。看守所這種事少，一是這裏很少有關押時間太長的犯人，還沒性饑渴到那個份兒上。二來這裏關的都是未決犯，說不定家人活動一下，或者案子出現了轉機，人就出去了，到時被他告一下罪上加罪，不值得。

不過這種事少不代表沒有，這個小朴男人女相，很有當兔子的潛質，老刀雖是用調侃的語氣在說話，可是說不定他是真讓剛上位的這個二哥給看上了，既然老大和二哥都罩著他，就得把她當嫂子看了，誰還會自找不痛快？

調號結束了，二號房分到各號的人除了這個朴愛民，全都被狠狠收拾了一頓，第二天放風時還能硬撐著爬出來的，那都是收拾得輕的。

老刀調到四號房後，平時對大傢伙兒還真不錯，而且特別尊重張勝，大事小情由他做主，自己不大出面，沒有多久，他就成了四號房兄弟們眼中的好大哥，大家都覺得他好說話，這人以往的凶名，似乎都被大家拋到腦後了。

這段期間，律師來過，又問詢了一些事情；鍾情和郭胖子、黑子來過，沒讓見，不過給他送了被褥、換洗衣服；更令張勝感懷於內的是，那位女警官隔三岔五便給他帶些吃的來，問她是受了誰的委託，她也不說。張勝猜測只能是鍾情從什麼管道打聽到看守所現在不准吃小灶、不准買吃的，於是托了人。

女警官每回來都是由管教以提審或訓話的名義把他帶去審訊室，燒雞、肘子、熏腸……各種口味不斷地換。於是張勝肚子咕咕叫的時候就眼巴巴地盼提審、盼訓話，每當管教大喝一聲把他提出去時，他都興高采烈，一臉興奮，這副情景各個號房的犯人看在眼中，對他如此「昂揚的鬥志」很是欽佩。

張勝狼吞虎嚥地補充著營養的時候，想著這位漂亮女警官也不知從鍾情那兒已經敲詐了多少好處，所以心裏對她殊無敬意，兩個人時常唇槍舌劍你來我往地拌嘴，鬥來鬥去、吵來吵去的，張勝連表面的敬意都沒了，漸漸地說話也放肆起來。開創了中國司法界女員警與男犯人在審訊室裏「打情罵俏」之先河。

每當他說些隱晦的涉及兩性關係的話題，原本一句不讓的秦若男便紅了臉不再應戰，只是坐在對面一邊看他吃東西，一邊托著下巴很是懊惱地自我檢討：「身為一個警務人員，被你如此欺負……」

每回聽她說這句話，張勝便很鄙視地翻她一眼，秦若男就氣悶地閉了嘴不再理他。

上回那個勞動號又給張勝傳過一次紙條，還是鍾情寫的，說現在寶元的案子已經公開了。

以前寶元的事雖然是家喻戶曉，但官方報紙就是不登，現在這已經成了晚間的新聞登出來，說明政府方面已經明確了態度，準備大張旗鼓予以清查。出於眾所周知的原因，據說還特意從外省抽調了一批骨幹警力負責此案。

這對張勝來說，既是壞消息，也是好消息。說它是壞消息，是因為這就表明，想要嚴辦寶元案的一方占了上風，張勝想開脫，想無罪釋放就難了。說它是好事，是因為張勝和此事的瓜葛畢竟有限，他被抓主要是被當成了一枚棋子、一件工具。

現在官方態度既已明朗，勢力角逐強弱已定，想借助寶元案打倒對方的人，很可能不必再借助張勝這個砝碼就能達到目的。那樣的話，失去利用價值的張勝就無足輕重了，自然沒有人還想置他於死地，那時再活動活動救他出來，也就容易多了。

這一切，張勝只能瞭解而已，他現在就像汪洋大海中的一條小船，無力左右自己的命運。鍾情費盡心機地把這些消息傳遞給他，還特意加上她對形勢的分析和理解，目的也只是讓他瞭解而已。

瞭解了，他就不會消沉，就能夠堅持下去，讓他在風雨中看到來自燈塔的一線曙光，這就是鍾情的目的。她幾乎被斬斷的左手養了好久，現在還不利索，這件事，她始終沒讓張勝知道。

雖然還是早起、洗漱、背監規、勞動、放風這樣機械而苦悶的日子，但是有了希望就是不一樣，每天早上看到東升的太陽，張勝的心裏也是亮堂堂地充滿了希望。

只是，他沒有注意到，有一對刀鋒般森冷的目光，一直在盯著他，就像在靜靜守候著獵物鬆懈的那一刻……

劉巍和同號的小弟臭蟲經常拿朴愛民取樂。

這孩子生得男人女相，削肩細腰，頭髮一剃，原來的痞氣不見了，在大哥們面前順眉順眼的還真像個女人，老刀每晚都讓他給自己端水洗腳按摩身體，試過滋味還不錯，便讓張勝也享受享受。

張勝不想這麼使喚同號的兄弟，推辭了幾次，小朴感激張勝在自己剛進來時為他求情，正有報恩的心思，便主動為他按摩。雖說他的手法一般，不過身體被人按按揉揉確實很舒服，張勝後來也就處之泰然了。

這大通鋪上睡著十個人，小弟們那一邊十分擁擠，人挨人、人擠人的，而幾位大哥那邊卻非常寬鬆，一個人能占了三個人的位置，老刀和張勝之間的寬裕程度可想而知。小朴總是在休息鈴聲之後被叫過去給他們按摩鬆腿，有時就睡在他們中間，這一來就落下了話柄。

臭蟲叼著個煙屁股貪婪地吸了一口，拍拍他肩膀，羨慕地說：「老弟，有大哥寵著，啥活不幹。唉，可惜呀，我想討好大哥，還沒你這條件呢。」

老刀聽了卻心中一動，彷彿想到了什麼。

站在太陽地裏沉思良久，老刀抬起頭來在放風的人群裏逡巡起來，很快，他的目光跟七號房的二鋪龐傑碰上了。老刀嘴角牽了牽，向他打個眼色，老龐便走過來，四下看看，遞給他一根煙。

兩個人走到一角抽起煙來，大哥們站的地方，小弟會自動讓開，就像獸群裏的強大者都擁有一塊專屬於自己的活動空間一樣。

兩個人站那兒說著話，目光時而會掠過在院子中央活動著身體的張勝，嘴角帶著一絲寒冷的笑意……

第十章

暗殺

「刀哥！」張勝駭然。

「不要打架！」

老刀呼喝著，借著周圍不斷躍動的人影的掩護，

右手再度揚起，刺向張勝的心口。

他的手中握著一柄小刀，

是用三分之一的小鋼鋸條磨製出來的薄薄的刀片。

「小朴，你幹什麼？」老刀驚叫，手下片刻不停。

「嫁禍殺人！」張勝一下反應過來，

他絕望地看著那一抹鋒寒劃著一道漂亮的弧線，

向他的胸口又穩又狠地飛快刺下。

過了兩天，下午放風的時候出了事。

難得這天是個大晴天，春天午後的太陽照在人身上暖洋洋的，這對常年待在號子裏的犯人來說，實在是老天爺難得的恩賜，於是都在號房外的平地上曬起了太陽。場面看似雜亂，各號房的人卻也涇渭分明。

六號房的中學英語老師放風時接到了一封家書。看守所裏案情簡單的犯人經過警方檢查，是可以往裏寄信的，寄信只能進不能出，往外傳的條子頂多允許寫上需要什麼吃穿用的東西，讓家裏準備。

號子裏的犯人整天無所事事，一有外面的消息人人興奮，大家就都圍上去看英語老師的信。信是他老婆寫來的，裏邊寫得非常簡單，只說了家裏的情況，叫他安心改造重新做人，同時給他存了五十塊錢，隨信還附了自己和剛剛五歲的女兒的照片。

英語老師舒盛的媳婦長得不賴，犯人們兩眼放光，不免吹捧一番。英語老師虛榮心大為滿足，飄飄然便吹了起來，罵他老婆信寫得太簡單，才寫了一頁，剛進來時一封信能寫七八頁，現在感情是越來越淡了，說不定哪一天就跟人跑了。

其實信通多了，哪有那麼多話好講？英語老師也明白這一點，他這麼說，只是想顯擺自己在家裏有地位，在犯人們中間有面子而已，倒不是真的對老婆不滿。

可他牢騷一發完，卻不知觸了龐傑哪根筋，對舒盛破口大罵起來。

龐傑指著他鼻子罵道：

「久病床前無孝子，長年鐵窗無良妻。你他媽的因為花罪進來的，你媳婦還能做到這份兒上，每個月都給你寫信，都給你存錢，這麼好的老婆你還發牢騷，你他媽的良心讓狗吃了？」

「進號房的人有三改，孩子改姓、老婆改嫁、本人改造，你老婆做得還不仗義？林東，你來說說，你老婆對你怎麼樣？」

旁邊就有一大煙鬼似的犯人湊上來陪著笑臉：

「龐哥，你提我家那賤貨做啥，這裏的人誰不知道啊。一進大牢，我老婆連半年都沒等下來就跟人家勾搭上了，臊死人！」

「聽到了嗎？聽到了嗎？」龐傑指著舒盛的鼻子吼。

舒盛在六號房的地位也算中間偏上了，而且六號七號房挨著，平時跟龐傑也挺熟，他還真不好意思翻臉，只好尷尬地說：「龐哥，這怎麼說的這是，我罵我老婆，你生的哪門子氣啊？」

龐傑怒髮衝冠地說：「為什麼不生氣？你個混蛋，這麼好的老婆還不知足？要是我，我老婆就是給我開一個綠帽子店，就是在外面賣，只要月月給我寫信，我就一百個知足，還得感激她。」

「你拍屁股進來了，還要老婆在外面給你守節，你給人家什麼啦，誰上輩子欠了你的？你們這種知識份子最混蛋！自己胡搞亂搞，對老婆就要求是貞婦烈婦，道貌岸然的，心底比流氓還髒！」

英語老師臉上掛不住了，悻悻地說：「算了，龐哥今兒脾氣不好，你罵的，我受了，我不和你吵。」

「回來！」龐傑還來勁兒，一把從他手裏把照片搶了過來，「嗤」地一下撕成兩半，把他女兒那半張扔回他懷裏，不懷好意地笑：「你看不上，老子看得上，照片借我使幾天，等我爽夠了就還你。」

這一下英語老師也翻臉了，一開始他還不敢罵人，只是據理力爭，後來實在忍不可遏，他罵了，只不過還是沒勇氣直接罵，他用的是英語。

偏偏龐傑那小子旁的英語聽不懂，還就那句「Fuck」聽得明白，一聽他敢回罵，當頭一拳砸去，兩個人就交起手來。

龐傑是七號房的二鋪，手下的小弟得巴結著，一看他動手了，立即上前幫忙。六號房的老大在旁邊忍了半天了，他倒不稀罕為那老師出頭，可是打狗也得看主人啊，罵他的人就等於打他的臉，以後讓他還怎麼服眾？現在還動上手了，六號房的頭鋪也火了，一擼袖子招呼一聲便撲了上去。

他一動手，六號房的人也全動了，人群中頓時大亂，其他號的犯人看熱鬧，六號七號大打出手。

老刀悻悻地罵說：「我一離開，龐傑反了天了，肯定是頭鋪壓不住他，這架打下來，得連累不少兄弟戴鐐子。兄弟們，跟我去勸勸架。」

「真他媽的！」

龐傑是七號房的二號人物，自從老刀調過來後，大家談論七號房的事情就多了些，所以張勝對那個號房的事多少有了些瞭解。

龐傑原來是城北看守所的犯人，他那個號房的老大也是在管教裏很吃得開的人物。有個新人進來後，老大給他服水土，用的是「蒙古包」，就是用被子把他包起來，全號犯人在外面打。不料那人不禁打，給活活打死了。

一開始看守所還想把這事給擺平，壓著死訊沒對外說，而是找來那個屈死犯人的家人，親切詢問一番，問他平時有沒有什麼病啊啥的，因為看著他身子弱，想給他辦保外。

那犯人家屬一聽這個激動，到處托關係走後門，很快弄來一大堆病歷，這摞病歷往那兒一放，那個屈死鬼除了婦科病，所有的病都得齊了。

然後看守所便翻了臉，通知犯人家屬說犯人生病死了，把他們家裏送來的病歷當證據。可是那人根本一點病都沒有，家裏人哪肯答應，瘋了一樣到處告狀，最後事情鬧大了，當班管教被扒了制服回家吃自己，所長撤職，頭鋪槍斃，又給犯人家屬一筆賠償，才算把這事平息了。

同號的犯人都加了條罪名，分別調到了其他各看守所，龐傑就給弄到這兒來了，他在這裏關的時間挺長的，已經過了羈押期，因為身上犯的案子多，到現在還沒移交檢查院審理，就一直在這兒拘著。

眼見那位中學老師鼻子飆血，十分狼狽，再說自己頭號發話了，面子不能不給，四號的犯人便跟著老刀一起衝上去勸架。

兩夥人二十多號，擠在一起大打出手，場面十分混亂。老刀動作敏捷，左一拳右一腳，嘴裏喊著「有話好說，不許打架」，但那身子碰碰撞撞的卻把張勝撞進了毆鬥圈的中心。張勝怵然四顧時，只見到小朴也莫名其妙地被擠了進來，正畏畏縮縮地躲著四下亂飛的拳頭。

扭打的人沒人顧得上他們，四下望去，拳頭與大腳齊飛，外邊圍觀者的視線也被擋住了。張勝忽然覺得有點不對勁兒，他猛一扭身，就感覺腰部一痛，同時看到一雙兇狠的眼睛。

「刀哥！」張勝駭然。

「不要打架！」老刀呼喝著，借著周圍不斷躍動的人影的掩護，右手再度揚起，刺向張勝的心口。他的手中握著一柄小刀，是用三分之一的小鋼鋸條磨製出來的薄薄的刀片。

「小朴，你幹什麼？」老刀驚叫，手下片刻不停。

「嫁禍殺人！」張勝一下反應過來，他絕望地看著那一抹鋒寒劃著一道漂亮的弧線，向他的胸口又穩又狠地飛快刺下。

「嗯！」一聲悶哼，一個人影從廝打的人群中魚躍而出，把張勝狠狠撲倒在地，原本刺向張勝胸口的刀片深深刺進了那人肩頭，「啪」地一聲斷成兩截。

「甄哥！」張勝重重地摔在地上，一看清撲在身上的人便叫了出來。

甄哥疼得臉頰抽搐，卻一拍他的肩膀，笑說一句：「哥欠你的！」

老刀快氣瘋了，一到四號房，他就著意地和張勝交好關係，鬆懈他的警覺，給所有人造成一種他和張勝情同兄弟的印象。聽到牢友們哄小朴當兔子的笑話後，他又找到了一個完美的替罪羊。本來一切計畫周詳，哪曾想半路殺出個程咬金來，不就幫你送過一次行李嗎，至於拿命來拚？

如果不是甄哥經驗老到，及時衝了出來，老刀現在一定已經得手了。方才動手的場面說來冗長，其實不過是彈指之間的事，旁邊正在混戰的人是根本看不到誰下手的。即便有人瞄到兩眼，也絕對不敢講。

牢裏面最恨的就是諜報兒，有什麼恩怨私下解決，那是一條好漢，要是跟警方打小報告，你就是再有理、再如何冤屈，從此之後都算完了。看守所、監獄，每年都死幾個人，死的大多都是熬不住折磨，向管教報告，結果招致更多折磨的人。

人以群分，犯人就得和犯人在一起。進來了你還能住賓館不成？管教聽了申訴倒是能給你調換房間，問題是，調換的地方照樣是關犯人的地方。對付諜報這件事，所有的號房都是同仇敵愾的，哪怕是兩個號房的老大平時不對付，他也能賣死力氣幫你整治從你這兒調過去的告密者。

二十萬啊，就算現在還是號子外面的自由之身，二十萬都足夠找上三四個人幫你殺人了，何況本來就是戴罪之身，何況那人答應一定幫他活動脫罪？

到時有兄弟作證，有員警作證，有關於張勝和小朴之間不正當關係的流言，犯人和管教眾口一詞，那就是鐵案如山，小朴當定了替死鬼，老刀很快就能被活動出去，領上二十萬鉅款逍遙快活去了。

可是現在全盤計畫全被打亂了，再殺，那是肯定不行了，放手？要如何放手？老刀有點失措。

甄哥一翻身，抱住正在張惶中的老刀，雙腿一翻，把他摟倒在地。老刀沒時間想更多了，手中剩下的小半截刀片向上一揚，「撲」地一聲，甄哥從下巴到眉梢，斜斜一道口子，皮開肉綻，鮮血直流。

老刀還想動手，可是下巴上突然被張勝的膝蓋狠狠一撞，撞得他七葷八素，捂著下巴一時動彈不得了。

「嘟……」警哨吹響，警鈴大作，管教們提著黑膠皮棒子，一邊咒罵著一邊奔了過來，大牆上的武警也從肩上摘下了槍，拉栓上膛，如臨大敵地對準了地面。

「誰鬧事？雙手抱頭，蹲在地上！」如猛虎撲羊般的管教們大聲吩咐。

騷亂被平息了，鬧事的犯人和看熱鬧的犯人紛紛雙手抱頭，緩緩蹲在地上，有的人鼻青臉腫、一嘴是血，還在東張西望，似笑非笑的，也不知在看誰的笑話。

「蹲下，聽到沒有，馬上蹲下！」一個管教舉著警棍衝著張勝大喝。

張勝剛站起來，老刀就蹲在他腳下，員警一到，他就丟了刀片，雙手抱頭，抬頭看著張勝，一臉獰笑，眼中充滿挑釁和威脅的意味。

張勝低頭，向他笑笑，吸氣，抬腳，狠狠一腳踢在老刀的下巴上。

「啊！」這一下真是狠了，老刀下巴走了形，整張臉都扭曲了，他倒在地上，捂著臉慘叫。

「蹲下，立刻蹲下！張勝，聽到沒有？」牛管舉著警棍衝來。

所有的犯人都往這兒看，站得遠的半蹲著，屁股懸空，伸著脖子，看著這個敢於違抗管教命令的人。

「笑啊，繼續笑，你他媽的倒是笑啊！」張勝冷冽的聲音同樣充滿挑釁。

他本來是一隻羊，一隻溫順的綿羊，如今，在狼窩裏與狼共舞，被迫說著許多違心的話，做著許多違心的事，他已經滿心憤懣了，想不到現在居然還有人要殺他。

哪裏有壓迫，哪裏就有忍耐，忍無可忍的時候，就會變成比施暴者更慘烈的反抗和報復。張勝不知道是誰授意老刀殺他，正因為不知道，所以滿心恐懼，極度的恐懼，轉化成了瘋狂的報復和嗜血的欲望，他需要這種比狼更兇狠的殘暴來戰勝心中的恐懼。

「你媽的！」張勝爆發似的大吼，又是一腳，狠狠踢在半真半假地躺在地上哀嚎的老刀太陽穴上。

老刀悶哼一聲，當即背過氣去，張勝跳起來，一腳跺在這位大哥的鼻樑骨上，一腳、兩腳、三腳，老刀的臉成了爛番茄……

三四根警棍暴風驟雨般的劈了下來，打在張勝的背上、頭上，他搖晃了一下，一下子栽到老刀身上，但是馬上就被兩個管教架了起來。

「砰！」重重一拳打在他的小腹上，張勝悶哼一聲，無力地張開眼睛，額頭有一縷鮮血淌下。

牛管教真的激怒了，平時收受好處時的溫情全然不見，如同一頭見了紅布的公牛似的，向他怒吼道：「說，為什麼打架。」

張勝被兩個人架著，身子軟綿綿的，有氣無力地說：「沒啥，精力過剩。」

牛管冷笑：「精力過剩是吧？」他突然跳著腳大吼一聲：「把他帶走，關禁閉！」

「你說！」牛管教轉向肩頭滲出一片血紅的甄哥。

「管教，我們的確是精力過剩，鬧的。」甄哥蹲在地上，淡淡地說。

他說完，抬頭，一隻大警靴已經吻上了他的鼻尖。

看守所三大酷刑，依次是手銬、籠板扣、禁閉，張勝一步到位，直接體驗了終極刑罰。

手銬的作用是禁錮雙手的自由，而這裏的手銬是一種刑具，它沒有中間那根短鏈條，沒有多大活動空間，犯人關在籠子裏，雙手伸到籠子外面銬上，一掛七天，吃飯有人餵，其他的不要想了，睡著醒著都要掛在那兒。

七天下來，雙手雙腿腫脹無比，小腿水腫得能當鏡子用，被銬在門上的人已經不是靠肉體就能夠支撐得住的了，唯一支撐他還能站在那裏的，是那種求生的欲望，是對自由的渴望，是還能被放下的真實夢想。

籠板銬的懲罰原理大同小異，時間縮減為五天，人躺在一張門板那麼大的木板上，四角裝四個銬子。犯人成「大」字型躺在上面，吃有人餵，方便問題就在身上解決，整整五天，連翻個身都辦不到。五天下來，血都凝了，背上麻木的沒有一點知覺，沒有兩個小時的努力，休想爬得起來。

而終極刑罰，就是關禁閉，禁閉，絕不是普通意義上的與世隔絕，那間小黑屋裏，有著令人肉體更加難以承受的痛楚刑罰，張勝真正的煉獄開始了。

一段時間之後，禁閉室內傳出一陣慘厲之極的叫聲，張勝一直在喊，最後變成一陣似喊似哭的嚎叫，那聲音很絕望，像一條離了群的狼在曠野裏號叫，聽起來淒涼、絕望而且遙遠。

老秦歎息一聲：「上大掛了。」

吳老四翹翹大拇指，說：「忍了二十多分鐘才喊出來，骨頭夠硬，是條漢子。」

劉巍打個冷戰，抱緊了雙臂。

一個新犯渾渾噩噩地問旁邊的人：「關禁閉怎麼這難受？有人打他嗎？」

被問的人搖搖頭，沒說話，和其他的犯人一樣，木然望著禁閉室的方向，心有戚戚焉。

晚飯時，張勝被拖了回來，他全身就像散了架一樣，表情萎靡，身體抽搐著，爬都爬不起來。

同號的犯人面面相覷，頭鋪住了醫院，二鋪卻是打頭鋪的人，他們該向誰表忠心？張勝會關三天禁閉，老刀會住幾天醫院，回來後他們誰會留下？誰在管教的眼裏更受青睞？如果現在去扶張勝，如果回頭留在四號房的是老刀，會不會有人告訴他？

「人不為己，天誅地滅，我不是英雄，我只是一個卑微的不能自保的犯人。」這樣想著，每個人都猜忌地看著別人，彼此小心翼翼地試探著別人的心思，很長時間，竟沒有一個人去扶張勝一把。

號房裏很壓抑，差點背黑鍋的小朴還沒明白，本來好好的頭鋪二鋪怎麼就突然翻了臉。眼見張勝躺在那兒，臉色發青，雙手雙腳抬一下都困難，平時挺親熱的哥們兒坐在炕上卻都不肯去扶一下，他也便不敢動了，但心裏還是不明白。

禁閉是三天，時間從早上九點一直到晚上四點，就是用牆上的鐵鏈把四肢拴上，整個人懸在空中，類似於古代的五馬分屍，只需要短短十分鐘，身體的重量就把所有的關節伸開，然後繼續懸在那兒。靠骨節頭和筋絡以及拉伸開的肌肉來維持人體的完整。

聽起來非常簡單，沒有什麼可怕的辭彙能用來形容描述它，可是經歷過的人會知道，那痛苦，把肉體上的摧殘，達到了人體所能承受的極限。

每天一關禁閉，張勝的慘叫聲都會從弱到強，慢慢響起，那是肉體的承受力越來越無法忍受的緣故。下午，他的慘呼聲又從強到弱，慢慢細不可聞，那是肉體已經被榨光最後一絲體力的原因，再之後，他就會像一條死狗般扔回牢房。

張勝變了，短短三天，他罵過，破口大罵。

他哭過，哭得聲若悲鴻，淒慘無比，比一個無助的嬰兒的哭聲還教人心酸。

他求過，放下身段，求得低聲下氣，哪怕讓他跪下，讓他放棄一切尊嚴，只要能把他從五馬分屍般的「大掛」上放下來。他得到的回答是：「我們當你是人，你才是人，我們不當你是人，你連條狗都不如！」

是的，現在的他，人不如狗。

他祈禱過，祈禱他的律師突然會來見他，祈禱公司的人恰好這三天來看他，祈禱那位常和他拌嘴的女警官能知道他的處境，大發善心地來救他，祈禱管教能提前把他放出去……

世上的每一個人在他的生命的艱難階段，其實都有過祈禱，以不同的方式，向不同的主：或者是神，或者是佛，或者是上帝、或者是一個主義……張勝祈禱的對象並不遙遠，所求的願望並不偉大，但仍是苦求而不可得……

人類的哲學常常誕生於苦難之中，沒有觸及靈魂的苦痛，就很難徹悟人生。在這裏，在這一刻，張勝才真正體會到什麼叫世態炎涼；在這裏他才知道了當痛苦超越了肉體承受的極限，什麼尊嚴、人格和原則，統統都成了扯淡；在這裏，他才真正體會到，什麼叫人不狠，立不穩。

每一天，他被人從牢裏拖出來，身子都變得更加衰弱，但是每一天，他身上陰冷的氣質就會濃郁幾分。以前，甄哥和他開過玩笑，說：

「你現在說話雖然也粗言陋語的，但你還不是流氓，你那只是面子工夫，真正的流氓，他的狠毒是從骨子裏透出來的。」

老刀算是個真正的流氓，但是當張勝熬過三天禁閉，和他在牢房裏再度碰面的時候，張勝從骨子裏透出的那股狠勁，連他看了都從心底發寒。

張勝趴在那兒軟趴趴的像一條蟲子，老刀竟不敢上前踹上一腳，給自己找回一點栽掉的面子。

不怕流氓遍天下，就怕流氓有文化。因為有文化的流氓一旦頓悟，造詣修為就絕不是上社會大學的流氓所能比的……

小璐在「愛唯一」花店每天接觸的買花人，有為父母賀壽的、有為病人送去祝福的，更多的還是情侶和馬上踏進婚姻生活的人，愛情，就是他們的主題。

睹人思己，留給她的，是一種莫名的空虛和對未來的難以確定。

知道她和男友徹底分手後，流浪寵物救助中心的柳大哥對她更為熱情起來，很顯然有追求的意思，他缺少表白的信心，便時常讓女兒去纏小璐姐姐。除了近水樓台的他，附近一些男孩子，包括來店裏買花的男孩，都有很多為小璐的容顏氣質所吸引，大膽邀請她一起看電影、一起去舞廳、公園，想和她發展戀情。

小璐很迷惘，她不知道現在的自己除了為了活著而活著，還有什麼生存的意義；不明白自己過去所堅持的、想要的明明已經得到了，為什麼偏偏換來更大的空虛感；她不知道自己當初的選擇和決定是對是錯，是錯，她到底該怎麼做？是對，為什麼現在這麼失落？

她沒有勇氣再開始一段新的感情，所以她完全封閉了自己，不接受任何人的示愛，「愛唯一」的冰美人兒，這是男孩們送給小璐的綽號。

她在日記裏寫下一首詩，為她最刻骨銘心的一段戀情，留下了一段似悔似憶的注解：

第一最好不相見，如此便可不相戀。
第二最好不相知，如此便可不相思。
第三最好不相伴，如此便可不相欠。
第四最好不相惜，如此便可不相憶。
第五最好不相愛，如此便可不相棄。
……

為了活著而活著，其實很多人都是這麼簡單地活著，收拾了風花雪月，談什麼人生目的。

張母一個多月沒接到大兒子的電話了，一開始他公司的鍾情打過電話來，說張總有一樁大買賣，急著去南方談生意去了，她也沒往心裏去。

過了一周，鍾情還來了家裏一趟，陪老兩口聊了聊天，帶來一些南方特產，說是生意有些棘手，張總在那邊還要多待一些日子，這些特產是他給二老捎回來的，她也信了。

可是現在一個多月，兒子連電話也沒往家打一個，她心裏覺得不對勁。夜裏跟老頭子說過這事，男人不如女人細心，反說她嘮叨：兒子現在做著大買賣，不比從前在廠子上班，應酬的事肯定多，不往家裏打電話也是人之常情，打電話還不就是問聲好，兒子連禮物都送回來了，還能有什麼事不成？

張母可不放心，白天思來想去，乾脆一個人出了門，坐公車去張勝公司，想把這事問個明白，要不然她連睡覺都不安穩。

張家現在家境比以前強了何止百倍，可是節儉慣了的人就是不捨得花錢，張母搭了公車。大白天的，車上人流擁擠，張母上了車，順著人流擠到後面，扶著一張椅子靠背站住了。

「大媽，你來坐吧。」坐在椅上的女孩見是個老年人，忙客氣地站了起來。旁邊一個青年一見她起身，屁股一擰，哧溜一下便占了座位。

「你這人……」女孩眉毛輕擰，有些不悅。

「小璐！」張母突然看清了那女孩相貌，不禁又驚又喜，一把拉住了她的手，激動地說：「小璐，小璐，哎呀，我的好閨女，可找著你了。」

「伯母！」小璐這才看清是張勝的母親。

「小璐啊，這些天你都去哪兒了，我讓老大去找你，那渾小子天天跟我拍胸脯打包票的說你能回來，可就是不見人，哎呀。我這心裏頭，想你想得呀……」

兩個人也不去管那占座的不良青年了，自顧站在那兒講起話來。

小璐是去批購鮮花的，那地方也在橋西開發區，在車上不便多說什麼，等到下了車往開發區走時，張母拉著小璐的手不捨得撒開：

「小璐啊，聽伯母的話，別跟那渾小子嘔氣了，年輕人，有什麼矛盾不能解決的。一會兒跟我回去吧，啊，你不是愛吃我包的餃子嘛，咱們包餃子吃。」

「伯母……」小璐不安地想抽回手，低低地說：「我們……我和他……已經……分手了。」

張母氣憤地說：

「我知道，這孩子身在福中不知福，我聽絹子說過，有一回晚上看到他跟個女孩在街上呢，聽說長得也很漂亮，漂亮管飯吃啊？找媳婦就得找能過日子的，那女孩一次也沒登門，一次也沒往家裏打過電話，不招人喜歡。」

「小璐啊，你別想太多，我家大小子孝順，我讓他娶你，他就得娶你。你跟伯母回家去，等他出差回來，我就讓他跟那女孩分手。」

小璐心裏一沉，雖說已經分手，聽了這消息還是不是滋味，她強笑著試探說：

「哦……什麼時候看見的，別是同事，讓您老誤會了吧？」

張母冷哼一聲，說：

「不就前兩個月嘛，誤會個啥，同事能挎著胳膊逛街？你這孩子脾氣那麼好，要不是他在外面花，當了陳世美，兩人能鬧彆扭嗎？我說小璐啊，我家大小子從根上來說，還不算壞，就是隨他爹，一個德性，他老子年輕時候當兵，也跟個女兵不清不楚的，被我扳過來了，這麼多年，還不是規規矩矩的，你聽伯母的，我給你做主……」

小璐心冷了，張勝口口聲聲說愛的是她，分手了他再找女友沒什麼不對，可是這才徹底斷了多長時間呀？前腳跟她斷了，沒兩天工夫就和別的女孩挎著胳膊逛街了，就算心裏本來還有期待，聽了這話還不死心？

她苦澀地一笑，推辭說：

「伯母，我跟他……是脾氣合不來，沒別的事。勝子現在有女友了，我其實也已經有了男朋友，您就別勸了。」

張母大失所望：

「什麼，你也有了男朋友？唉！我就說呢，這麼好的女孩，他不知道珍惜，別的男孩子哪能個個都跟他似的那麼眼瞎啊，唉！」

她拍著大腿連連惋惜，小璐心裏泛酸，不想讓她看見自己難過的樣子，忙說：

「伯母，我還要去訂花，順這條道兒一直走就是匯金公司了，我就不陪您過去了。」

張母還沉浸在自己的惋惜情緒中，她洩氣地點點頭，說：

「嗯，那你去忙吧。哎，小璐啊，你等等，一會兒回來在車站等我吧，我去公司問問就回來，到時咱一塊兒回去。那渾小子沒福氣把你娶回家，咱娘倆一場緣分也不能就這麼斷了，你要不嫌棄，我認你當乾女兒。」

小璐一陣感動，眼淚在眼眶裏打轉，她強擠出一副笑臉，說：「好，伯母，你要是喜歡，我就給您當乾女兒。」

「哎哎，好孩子。」張母一把抱住了她，老淚縱橫地說：「以前啊，我家還有個三丫頭，可是九歲上淘氣劃破了手，得了破傷風，人說沒就沒了，誰知道一根爛鐵絲也會要人命啊。」

老太太抬手擦擦眼淚，拉著小璐的手說：「小璐啊，從今兒個起，你就是我的閨女，就是我們家小三兒。」

「老刀、張勝，換號！」

張勝回到牢房時，老刀還沒出醫院，張勝那頓踹的確夠狠，但是他拖著不出院，更主要的原因卻是因為被張勝這一頓打弄得他顏面掃地，他得有個心理準備，想想回到看守所的應對辦法。

再就是他們毆打受傷的理由和原因，還有他兇器來路，員警一旦問起來，老刀該怎麼回答。既然一時想不出對策，又不能裝瘋賣傻，只好裝病。

老刀和管教們都熟，在醫院裏被訊問了幾次，沒從他嘴裏問出什麼來，反倒被他套出了話，知道張勝、甄哥很守裏邊的規矩，個人恩怨私下解決，沒跟員警通氣兒，這才放心，管教再問時，更是東拉西扯拒不吐實了。

看守所犯人鬥毆打架鬧出傷來，管教也有責任，既然雙方都沒有告狀，本著民不舉官不糾的心理，這事兒就壓下來了，不過為了以防萬一，老刀一出獄，他們還是立刻對二人做了調號處理，同時準備近期把其中一個轉到其他看守所去。

張勝已經趴了兩天，體力恢復，但是肢體的拉傷和骨節處的痛楚還沒有完全消除，此刻他仍懶洋洋地趴在床上，就像一匹臥在那兒的狼，聽到管教的喝聲，他才站起下地，關節還有些不自然，他的動作很遲緩，不過卻從骨子裏透著股狠勁兒。

老刀一回來就被通知調號，而且取消安全員職務。他站在門口，臉上有幾道剛剛結痂的傷痕，鼻子微微有點歪。張勝是傷在身上，他是傷在臉上，雖說論痛楚，張勝比他更厲害，但是現在往那兒一站，氣勢上張勝就勝了一籌。

兩個人在做著無聲的較量，其他人都呆呆地坐在炕上，看看這個、再看看那個，就像一群母猴等著猴王的挑戰者和猴王決戰，以決定自己的歸屬。可笑的是，這兩位有可能稱王的，一個也不會留在這間號房，也不知他們到底畏懼什麼。

氣勢，這就是人的氣勢，氣勢夠強，過江龍就壓得住地頭蛇。

「管教，四號房是哪個調來？」張勝笑得很謙遜、很卑微，儘管對方是一向脾氣很好的盧管教。三天如同煉獄似的小黑房，讓他明白了大丈夫能屈能伸的道理。

「是我！」應聲而到的是甄哥。

「甄哥！」方奎、老彪和一眾小弟不管真假，都露出一臉恰到好處的驚喜。

甄哥沒看他們，他的目光越過老刀的肩膀，定定地看著張勝。

張勝笑了，張開雙臂：「歡迎歸來，沒事吧？甄哥。」

「小意思，我命賤，扛得住。」見張勝腳下發虛，甄哥馬上迎上去，和他擁抱了一下。

老刀瞄著兩人，一臉的冷笑，不過並沒囂張到這個時候起刺兒。

老刀的安全員沒了，被調進了二號房，張勝被調去了七號房。但是兩人這個樑子算結定了，每當放風的時候，張勝蹲一頭兒，老刀蹲一頭兒，就像充滿敵意的兩條毒蛇，絲絲地吐著舌信示威，誰也不知道什麼時候就會有一個躥出去咬對方一口，自覺分量不夠的人離他們都遠遠的。

不過每當這時候，甄哥就會走過去，和張勝蹲在一塊兒，用同樣挑釁的眼睛盯著老刀，雙方的眉來眼去劍法使了幾天，彼此都有點煩了，甄哥悄悄對張勝說：

「這小子上回跌了份兒，看樣子籠不住什麼人了，要不要我跟二號的強哥說一聲，教訓教訓他。」

張勝直勾勾地看著老刀，臉上帶著假笑：

「不用了，畢竟是做過大哥的人物，號子裏的人都給面子，你拜託強哥，就欠了他一份大人情。這小子那天是想幹了我，沒冤沒仇的，他沒道理冒這麼大險，後邊一定有人，你和我別走得這麼近，暗箭難防。」

甄哥也用一臉假笑看著對面鬥雞似的老刀，跟張勝說：

「我知道，沒關係。闖江湖，闖的就是一張臉，從你那天幫我扛鋪蓋，我就認了你當兄弟。兄弟的事，就是自己的事。」

他摸出根煙捲，在鼻子底下嗅著，說：

「世上沒有無怨無故的仇恨，不是為情、就是為利。一定有人收買他，你在外面有什麼仇人？」

張勝搖搖頭：

「我從沒得罪過人，哪怕是做生意，也沒把人斬盡殺絕過。在我手裏吃虧最大的，就只有一個卓新卓老闆了，不過那也沒到買兇殺人的地步，再說，他生意失敗，早就離開這兒了，別的……我就想不起來了……」

甄哥嘿嘿一笑，說：

「不一定要你去和人結怨，有些人，只要你擋了他的財路，你對他有了威脅，他一樣會想法除掉你。自己小心點兒，對了，七號房現在除了頭鋪，都是原來老刀的人，小心他們陰你。」

張勝微微地點頭：「放心，甄哥，我現在不會見人家一個笑臉，就當是貼己朋友了，睡覺我都提著幾分小心呢。」

甄哥瞇著眼四下掃了一眼，說：「那就好，見勢不妙，想什麼辦法也得出來，哪怕是蹲禁閉，小心駛得萬年船。」

張勝想起關禁閉那三天，臉色不由一變。

甄哥說：

「你別不當回事，號子裏黑死的人，沒有幾個是死得明明白白的。聽說兩年前這兒也有個貪污犯，吃飯的時候用筷子自戳咽喉死的，就是從那之後，吃飯才不准用筷子改用了塑膠匙。嘿！全號的人都說他自殺的，不過，我聽人說，那人惜命得很，為了怕挨老大的揍，都大把地花錢供著。死的那天早上，還提前訂了中午和晚上的盒飯，你說，這像是想自殺嗎？一個養尊處優的人，有勇氣把筷子戳進喉嚨嗎？」

張勝心中一動，問道：「那人叫什麼？」

「不記得了，哦，好像姓麥……」

一輛黑色的賓士車悄然駛離看守所大門，開車的那個熟悉的面孔……徐廠長！這幾乎已完全遺忘的畫面倏然閃過張勝的腦海，他不由機靈打了個冷戰。他似乎感到，一張充滿殺氣的無形的網，正在悄然向他罩來……

「張勝，家裏送了東西，領一下！」盧管教在門口叫。

張勝走過去，見是一個厚厚的坐墊，號房裏能站的空間小，整天都在炕上盤著，屁股底下放個大厚墊子，那可舒服多了。看得出，那是手工做的，針眼細密，墊子又厚又軟，卻很輕，該是鴨絨一類的東西，並非棉花。此外還有兩盒煙，三百元的代金券。

拿過登記冊子簽收，看了一下，上邊記的是存款三百、墊子、水果、煙。寄送人一欄裏寫著他母親的名字。

一想到母親，想到家裏的老人知道自己的情形時是怎樣的擔憂與折磨，張勝心裏不由得一酸。長這麼大，他基本沒讓大人操心過，而這一次，卻讓老人們受苦了。

張勝一邊簽字，一邊搭訕著說：「謝謝盧管，我留一盒就成了。」說著又推回去一盒，忍不住問道：「我媽……她老人家還好嗎？」

盧管教瞥了他一眼，看在他孝敬了一盒煙的份上多說了兩句：

「還好是你妹妹陪著來的，你媽一來這兒就哭，那個傷心呀，你妹妹就在一邊勸，是個孝順孩子。唉，我說你小子以後出去了，可得好好混呀，不要再讓老人跟著受罪了。」

他走過去了，突然又轉了回來，臉上也露出一絲笑容：「哎，對了，你妹妹還真俊，多大了，在哪兒工作，找對象了嗎？」

「啊？」張勝發愣。

盧管教見他沒回答，一屋子犯人都看著呢，臉上有點掛不住，哼了一聲轉身走了。

張勝眨眨眼，惑然自語道：「我妹妹？我哪來的妹妹，我妹妹都死了十幾年了，那能是誰？難道是鄰居的翠兒？」

「勝子，過來一下。」頭鋪大煙槍齜著黃板牙朝他笑。

「槍哥，什麼事？」張勝走過去，恭敬地叫了一聲。

親警花、扁老刀，張勝現在也是大哥級別的人物了，雖說他一過來管教就嚴厲說明對他要嚴加看管，也不准讓他管事，不過頭鋪也不敢隨便支使他幹什麼，張勝在這兒成了逍遙侯爺。

龐傑和兩個管事的都盤腿坐在老煙槍旁邊，老煙槍拍拍旁邊讓他坐下，說：

「我已經判了，這兩天就得走。今兒跟管號交代了一下，我走之後小龐接我的位置。你是帽花兒指定了不准擔職的，沒辦法。但你現在可是爺字號的人物，裏邊的變動，不能不跟你說一聲。」

「哦，恭喜槍哥，判了幾年？」張勝忙拱拱手，順勢看了龐傑一眼，龐傑向他笑笑。

「三年。」

老煙槍美滋滋地說：「我在這兒已經超期羈押一年零兩個月了，要從刑期裏扣。嘿，這樣算算，再蹲一年零十個月，我就出去了。」

「哎呀，那真的要恭喜槍哥了。呵呵，龐哥，以後還請多關照。」張勝笑著說。

龐傑爽快地笑道：「哪裏哪裏，小勝哥現在是各號橫著走的人物，兄弟豈敢不敬。槍哥高升之後，你還是咱七號的逍遙侯。」

張勝暗暗提著警覺，甄哥說過的話他可沒有忘記，不會被龐傑幾句好話就蒙了。其實單看他那天和六號的英語老師幹架的經過，張勝倒很欣賞他的性情脾氣，不過張勝可沒忘了就是因為這一仗，老刀才有了殺他的機會，龐傑可是跟了老刀好長時間的人，雖說自打上次老刀被自己海扁一頓掉了鏈子後，他們之間沒什麼聯繫了，但性命攸關，大意不得。

大煙槍走後的兩天，張勝覺得號子裏的氣氛有點怪異，那是一種動物的本能，人們的言行舉止、日常的一切活動，與往常完全一樣，但是那點細微的差別，他能辨別出來，他有種每個人都在戴著面具演戲的感覺。

「小勝哥，你跟管教熟，跟他們訂個盒飯吧，吃點好的，我也跟著打打牙祭。」放風的時候，龐傑嘿嘿地笑。

「唉，三個月的禁購期還沒到呢，我儘量想想辦法吧。」張勝苦笑，這幾天那位女警沒來，他的肚子也沒了油水。

打飯的時候，大家拿著碗和勺子排隊出去，張勝發現前邊的二鋪蝸牛攥在手裏的飯勺鬆了一下，因為盛飯，他得換個姿勢。

就那一眼，張勝看到，他手裏的勺子柄磨成了尖銳的菱形。

請續看《獵財筆記》之五 局中有局

獵財筆記 之四 虎口奪食

作者：月關
發行人：陳曉林
出版所：風雲時代出版股份有限公司
地址：105台北市民生東路五段178號7樓之3
風雲書網：http://www.eastbooks.com.tw
官方部落格：http://eastbooks.pixnet.net/blog
Facebook：http://www.facebook.com/h7560949
信箱：h7560949@ms15.hinet.net
郵撥帳號：12043291
服務專線：(02)27560949
傳真專線：(02)27653799
執行主編：劉宇青
美術編輯：許惠芳

法律顧問：永然法律事務所 李永然律師
　　　　　北辰著作權事務所 蕭雄淋律師

版權授權：蔡雷平
初版日期：2015年2月
初版二刷：2015年2月20日
ISBN：978-986-352-115-0

總 經 銷：成信文化事業股份有限公司
地　　址：新北市新店區中正路四維巷二弄2號4樓
電　　話：(02)2219-2080

行政院新聞局局版台業字第3595號 營利事業統一編號22759935

定價：280元　特價：199元

國家圖書館出版品預行編目資料

獵財筆記 ／ 月關著. -- 初版-- 臺北市：風雲時代，
2014.12 -- 冊；公分

ISBN 978-986-352-115-0（第4冊；平裝）

857.7　　103021581